圖書在版編目（CIP）數據

續澉水誌 /（明）董穀纂. —杭州：西泠印社出版社，2012.8
（澉水誌四種）
ISBN 978-7-5508-0526-2

Ⅰ.①續… Ⅱ.①董… Ⅲ.①鄉鎮—地方誌—海鹽縣—明代 Ⅳ.①K295.55

中國版本圖書館CIP數據核字（2012）第179310號

海鹽縣史志辦公室
海鹽縣檔案局
影印

澉水誌四種

續澉水誌

〔明〕董穀 纂

西泠印社出版社

重刻海鹽縣澉水誌序

澉水誌一編宋寶祐間里人常棠所集迄今三百年矣舊本無存止傳寫於民間又復陶陰太甚穀求得之數本參互考訂始獲其全篋藏幾四十年是歲秋姻家陳上蔡鯉過余睹之而曰此吾土故典也泯沒可惜盍鋟諸余曰盛哉心也烏乎成於是庠友徐子蘭徐子濱徐子九職吳子啓元韓子世積聞之喜請從事焉再閱月而梓訖穀覽之廢卷嘆曰於乎書置汝於天壤間焉能爲有無乎自開闢來即有斯地其謂之澉始於何時而前此又何名也鎭之起則昉於唐盛於宋變於元而城守於今也斗大一隅山高而水深宛其無恙按圖索跡則市井焉宮觀焉橋道村保焉其彷彿可指辯者無幾耳而況當時人物之繁土產之富遺黎故事欲有以知之乎今但茫然見之於斷爛之餘使人動俯仰宇宙之悲於乎一元之氣一十二萬九千有六百年在大化中爲一年耳分爲十有二會猶歲之有月日之有時亦以百刻準之則所謂三百年者尚未滿半刻之半而吾人之有身於其間也又幾何哉以彈指起滅之身而上遡瞬息成塵之刻猶以爲遠而不能知則其上無始其下無終者烏足論矣於乎書置汝於天壤間焉能爲有無乎而吾之欲存之者欲因是以寓吾意焉耳呂成公曰著之金石不若託之君子之口之不朽也昔雄石鎭之在宋僅百餘年而其名已滅象山先生爲跋其帖於是雄石之名以存存之者固無益於世變之推移而觀之者則足以驗大塊之無窮信人生之如幻錮泉築塢之疾庶其少瘳矣乎此吾黨之所爲梓也誌凡八卷其門類亦古可喜而文字精細有度蓋宋末舉業盛時筆也後益以勝國及我
朝沿革事實得九篇載在下卷謂之續誌則穀所僭於乎百世而下斯編隆墜復有同余志者乎

嘉靖三十六年丁巳冬十一月至日漢陽歸

叟鎭人西湖董穀謹識

續澉水誌目錄

澉浦城圖

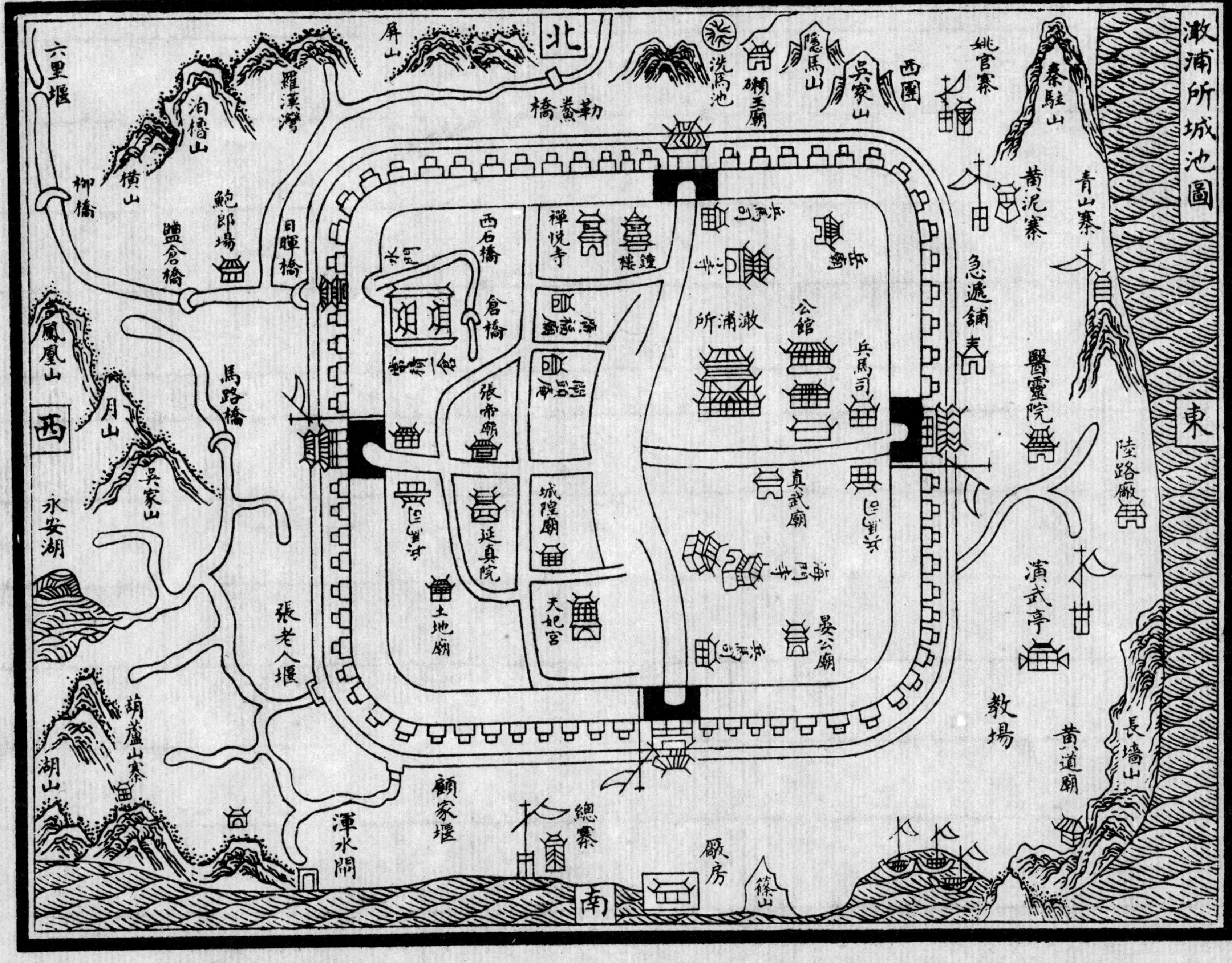
澉浦所城池圖
北
東
西
南
六里堰
柳橋
橫山
泊橋山
羅漢灣
屏山
勒蓄橋
洗馬池
隱馬山
吳家山
西園
姚官寨
秦駐山
黃泥寨
青山寨
急遞鋪
醫靈院
陸路廠
演武亭
長墻山
黃道廟
教場
廠房
篠山
總寨
顧家堰
渾水閘
張老人堰
葫蘆山寨
湖山
永安湖
吳家山
月山
鳳凰山
馬路橋
鹽倉橋
鮑郎場
日暉橋
西石橋
倉橋
禪悅寺
鐘樓
澉浦所
公館
兵馬司
張帝廟
城隍廟
延真院
土地廟
天妃宮
真武廟
晏公廟

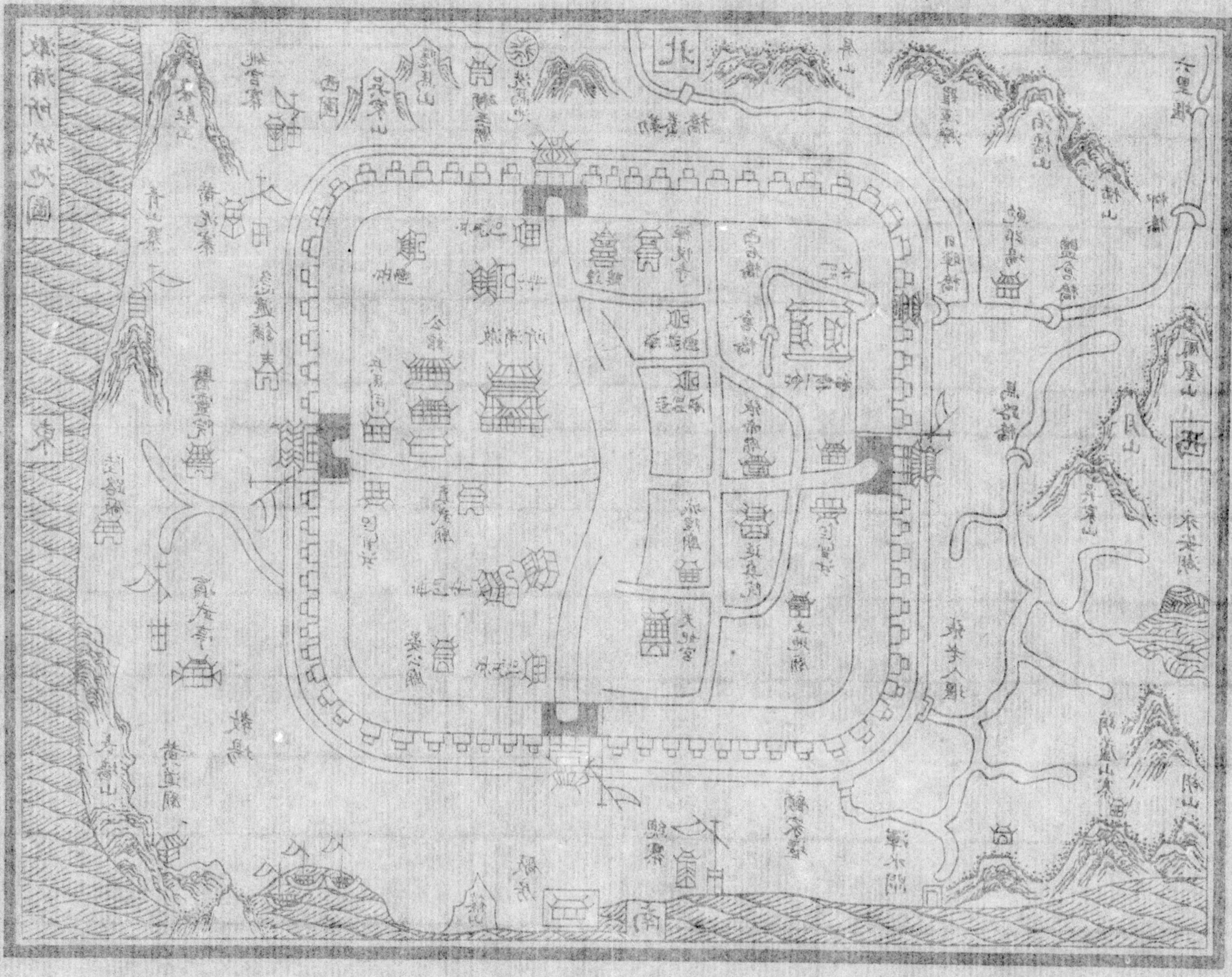

秦駐山總圖
北
東
南
西
海
通玄市
法善寺
東岳廟
寧海寺
秦溪
澉浦巡司
白塔山
環橋
廟橋
寺橋
梅園橋
豐山
覺林寺
石鼓橋
陸路廠
秦駐山
望虞山
秦始皇廟
甪里山
石屋山
丁山廟
大步山
葛山
秦駐塢
荷池山
韭黃門
石橋
雪水港
倉塘河
草蕩
碧里山
常山鋪
羊頭山
姚官寨
大步門
分金嶺
隱馬山
馬鞍山
文溪隝

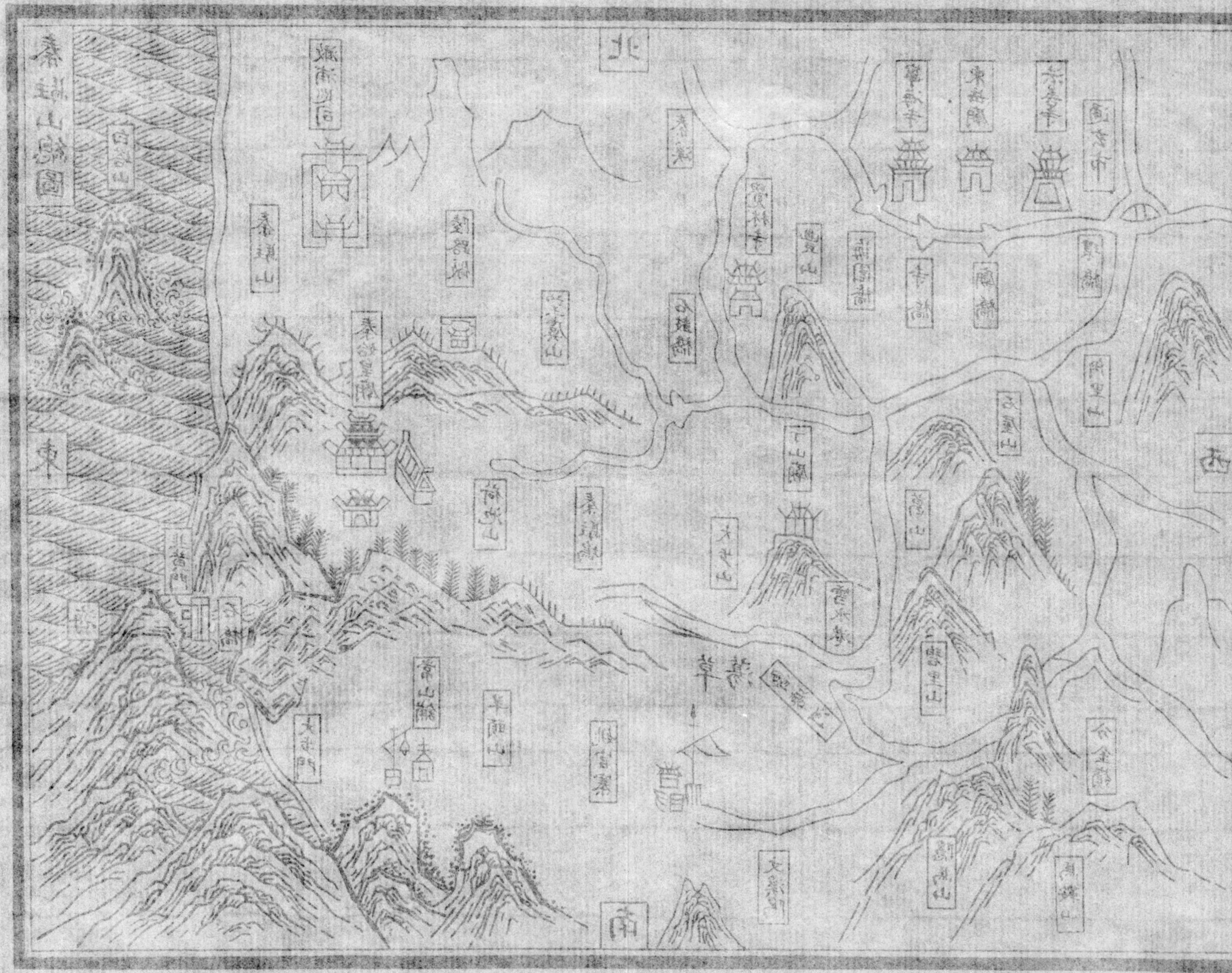

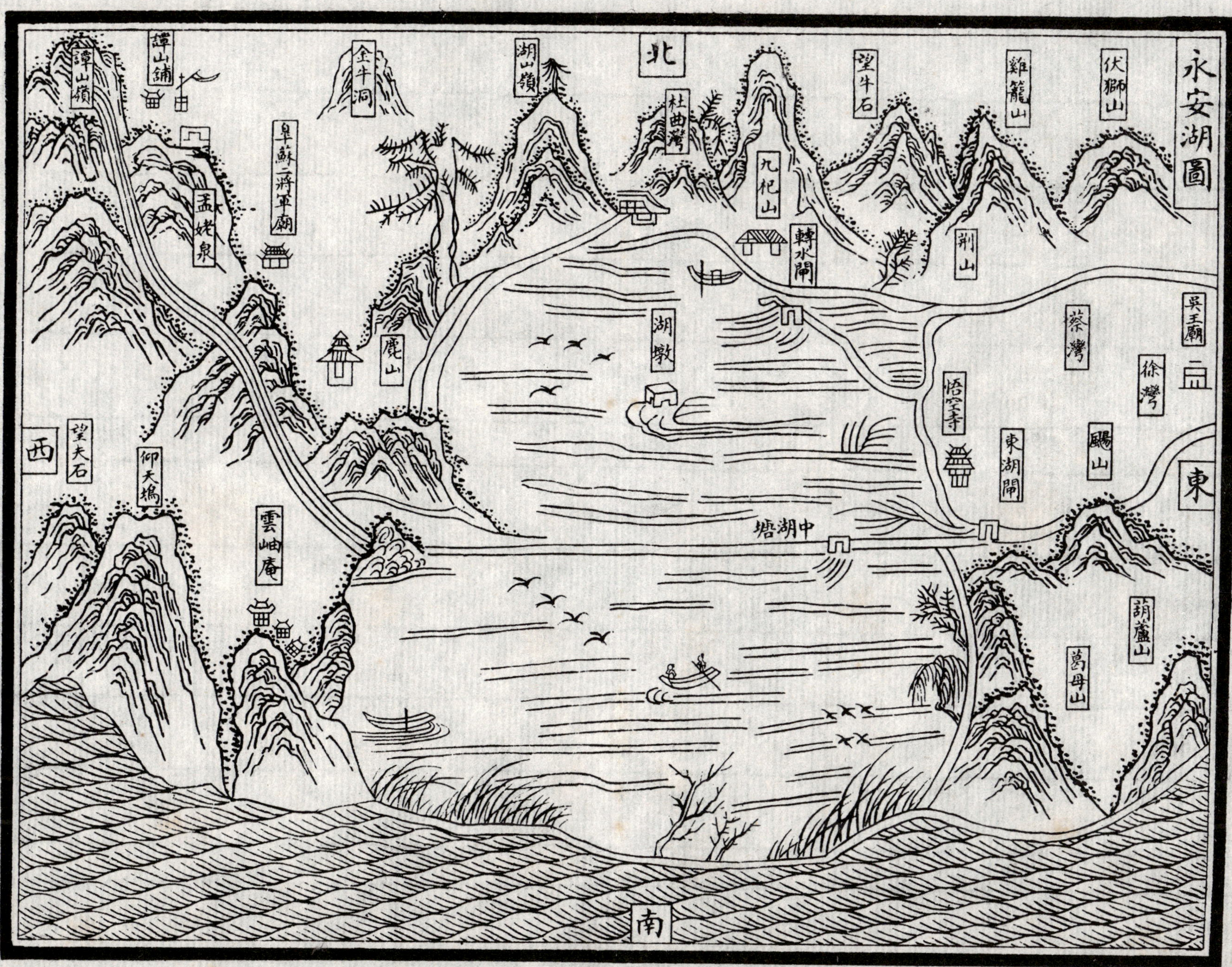
永安湖圖
北
南
東
西
譚山嶺
譚山舖
金牛洞
湖山嶺
杜曲灣
望牛石
雞籠山
伏獅山
九杞山
轉水閘
荊山
阜蘇二將軍廟
孟姥泉
麂山
湖墩
吳王廟
蔡灣
徐灣
悟空寺
東湖閘
賜山
中湖塘
望夫石
仰天塢
雲岫庵
葫蘆山
葛母山

永安縣圖
北
東
西
南

續澉水誌卷之一 地理紀

鎮人董 穀修纂
陳 鯉
徐 蘭校正
徐 濱
陳九職
吳起元
韓世積對閲

沿革

按舊誌晉光熙初有毛人三集洲上蓋泛於風也居民貿易遂成聚落其地唐屬蘇州府海鹽縣始置鎮宋立鎮官監之人煙極盛專通番舶元時立嘉興路達魯花赤管軍上萬戶府華亭則有青龍鎮海鹽則有澉浦鎮

皆置鎮遏達魯花赤管軍中萬戶府後改鎮守即宣慰司是也 國朝洪武初緣邊皆設備倭衛所調官軍守之嚴禁下海遂絕貪商而城堡迄今焉考之昌黎文集毛人乃是國名今海中有佛郎機國去此不遠其人靑皮逆毛恐即其種類也

風俗

人情事變與前代大異蓋自禁海築城官兵守禦利源既絶往跡俱非不見異物亦無外慕男惟力穡漁樵女則緋纑井臼而已迄於成弘之末百五十年雖以貧見擯於諸方實以拙自成於樂土既而法密役煩民窮土賤時愈艱境愈蹙矣差科重則思規避生計薄則慕功名文盛質衰醇離朴散實世道升降之機非獨澉爲然也雖然天水南渡之後茲地人才輩出當時之盛猶可想也行見儒風丕振家禮樂而戸詩書當不減於趙宋風俗何患於不美哉

疆域

屬海鹽縣之德政鄉按舊縣誌里曰金牛斤竹歸仁檇李村曰澉墅澉浦惠商近潮近潮久淪於海故東至青山海岸僅二里南至葫蘆山海岸五里東南至長墻山外四里東北至澉浦鎮巡檢司十有八里西南至譚家嶺舖一十里西至六里堰下横涇河茶院一十二里北至豐山前秦溪梅園橋等一十二里西北至鮑郎浦通玄市一十五里皆古鎮境也陸路去縣三十六里水路去縣四十六里

山川

青山鎮之主山也在城東濱海磅礴蒼翠其形如伏龜又謂之龜山　黃道山與長牆山相連上有神祠下有龍眼潭舊名白龍窟乃宋時番舶所聚　長牆山在南門外濱海其外有穿山洞　巫子山大小二山在黃道山外水中甚湍急不可渡　篠山俱在南門外濱海　石帆山南門海際下有靈潭石形如帆　葫蘆山在城西南濱海　荊山在永安湖閘北　颶山在永安湖閘南　葛母山在永安湖東南山下有渾水閘　伏獅山在永安湖東北　雞籠山在永安湖東際地名徐灣俗傳金雞時見因名　大山在湖上土民徐信墓在焉左有蓮花峯右有合掌石頂際有望牛石　九杞山在永安湖子丑之位謂之杜家灣杞翁買之置杜曲岡雲濤莊因名　九麂山在中湖塘西潭家山相連　譚家山在永安湖西有高嶺過此入海寧縣界乃南唐仙人譚峭得道處　金牛山在湖西北吳地誌昔有牛糞金村民皋伯通與弟隨之牛穴山而入二人鑿山山崩兄弟皆死穴中取名寰宇記又謂之會骸山上有皋蘇二大王廟宋時入海寧縣誌祭典其事又與前說不同廟今見存　大旗山在邵灣村相傳劉裕勝孫恩于此　夾山在金粟山後乃寧鹽二縣界上故名又謂之甕墳山國初陶給事墓在焉　茶磨山在獨匯涇前落星浜上　紫雲山在茶磨山南舊誌唐建中時有村婦出耕常有紫雲覆之朝廷聞之詔入宮相傳其女頭生癩瘡詔取至嘉禾北一夕癩脫髮生其長八尺至今所至之地謂之八尺云　金粟山在茶院市中　角里山在茶院市北　吳家山在西門外馬路橋上　鳳凰山在吳家山側　月山在六里河鳳凰山側　泊櫓山在六里堰東近鎮惟此山最高　羅漢山與泊櫓相連東抵彌頭門　澤山任泊櫓山前與鳳凰山相對　彌頭門山即廟山與羅漢山相峙中爲大路　翠屏山即羅漢山之陰也　蓍山與翠屏山相對舊有普明院今廢　陸墓山在蓍山側　大步山在石馬山東北草蕩中今即丁山廟　小步山與大步山相連　石馬山與彌頭門山相連宋時官給亭戶煎鹽之所至今尚謂之官山又謂之隱馬山　石屋山上有石屋故名　楊山　石塔山　馬鞍山　碧里山四山相連去鎮八里　葛山東有石屋　龜山甚低小以上諸山皆在鎮之東北　管山去城九里四周皆水山低而小東有石橋　秦駐山在沿海官道十八里中後魏酈道元水經稱秦望山晉樂資九洲誌稱秦徑山今有始皇廟古有秦溪館今廢又有秦駐塢村落聚焉　望虞山與秦駐山相連登之可望上虞故名　豐山在秦溪上

相傳始皇屯兵於此有石屋三所有發之者蜂蠆蛇虺不可近 嚴家山 潘家山 荷池山 羊頭山此四山皆秦駐山支脈 譚家嶺在西門外十里即前譚景昇得道之山也 邵灣嶺在黃巢衖南 野鴨嶺在六里堰南 黃茅嶺在泊櫓山側 分金嶺在馬鞍山相傳爲管鮑分金處 羅漢灣在羅漢山下 慈竹灣在吳家山後 細米灣即細柳灣在鳳凰山前 姚灣 徐灣在雞籠山側土民徐信世居之自宋迄今凡以姓名灣者皆泯滅惟徐尚存 蔡灣 唐家灣在大山前 夏灣 陳灣 邵灣在邵家山 孫灣在孫家堰 碧里灣在碧里山 杜曲灣在九杞山 仰天塢在鷹窠山下 文溪塢隱馬山分支兩山如巷有村落奇秀幽僻儼一桃源 秦駐塢在秦駐山民居保聚自成村落

議曰嘉禾闔境水多山少而山皆聚於澉浦蓋自天目龍飛鳳舞萃於錢塘迤邐而下至皋亭遵海而北結聚於此秀發雖不迨武林然亦風氣所鍾東坡所謂山佳水亦佳故本鎮山多而水少也實供一境樵蘇而煮海者尤賴焉但自昔山稅每畝米一升自均平糧科以來米畝五升則爲累甚矣然非山之累人人亦有尤焉耳如茶如竹如桐如漆如桃如栗銀杏楊梅皆可樹之以獲利而不植之顧獨種松十年一伐以爲薪人生能幾伐哉而子孫果能相繼樹乎無怪乎山之童也歸咎稅重愚之乎見哉

海自鎮之東南西皆匯於海南望則隔上虞之山西激則成錢塘之潮濤聲晝夜吞吐實賴青山葛母葫蘆長牆諸山石根林立無善崩之患按宋誌番舶皆聚於龍眼潭諸貨皆由招寶閘入運河抵六里堰車盤過壩流通吳浙又有東浦潮自浦入達鮑郎浦竈丁汲以煮鹽今皆湮塞不知當時故道何如也

永安湖在鎮西南七里有長隄分爲二湖羣山環之獨缺其南之十二闕海如門越中峯巒羅列於天表而湖則南面全受之周一十二里凡三千七百畝東置水閘備蓄洩以灌一境之田中產紅蓮白蓮蘋花芡實等皆野生中央有土方數畝高出如臺可作亭榭獨恨淤淺易涸雖屢

請竟未能疏濬也河自城壕石灰橋下西抵六里堰古上河也兩傍之田實賴之堰旁居民造作小舟搬運城中貨物并䞈貰引鹽以覓微利然客舟不能及城往來殊不便也鎮市荒凉職由於此誠能濬深丈餘便可以通下河而無事於堰矣正德十一年大旱雖經該所申請

察院督令有司疏濬但弊多公少而迄無成

魯塘河在北門外迤東北沿隱馬山一帶據武原誌縣南古有白塔港名藍田浦亦名魯浦紹興三年知縣李直養重濬又自魯浦開通十八里至鮑郎鹽場以便鹽運以灌農田利益甚大今魯浦已淪於海而澉河舊跡猶存至今名爲魯塘河但久佔塞

議曰澉浦自城陸路去縣三十六里止可輕身往來不能擔負水路自城至堰凡六里自堰至涇塘橋三十里又十三里至縣前共五十里水道紆遠加以過壩煩難倉糧上納艱苦軍常乏食裝載兵仗等件路遠一時難濟抑且土民上納稅糧里甲到縣卯酉常苦路遙風寒暑雨是爲不便查得舊有水路一條自本縣天寧寺前八里至涇塘橋又至至雪水港俱是通河又是雪水港七里至澉浦北門古名魯塘河係名宦李直養開鑿以便鹽運歲久湮塞被人佔種舊跡猶存連寇出自柘林從秦駐山來者不敢近城皆由此處驀越下鄉徑花硤石皆緣無水阻截之故有能奏請動支官銀七八百兩專民職丈量估計雇倩蕭山土工不過一月接連雪水港到縣十五里比之六里堰便宜一半而有八利一則攔阻海賊不能則賊至城下官兵水陸夾攻彼將焉往三則搬運兵仗糧食濟四則人民應役切近可免趨步五則鹽運疏通不勞過壩國課易註六則貨物駢集城中殷富官軍可守七則沿湯皆成膏腴

田畝八則水路既通可造船隻不拘歲月裝載澉山頑石到縣堆滿天缺龍王廟等處石塘之外內護塘根外拒賊艦萬年牢固可免脩築年省各縣歲派六千兩海塘夫銀所費不多而有無窮之益如此顧地方僻處下情無由上達耳

市河按舊誌古運河在鎮市中番舶聚於長牆山下龍眼譚(潭)商賈貿易從招寶閘入運渠經過市中謂之塘上其間有巷謂之塘門街有閘有廟謂之閘頭菴至今存焉此河西抵六里壩南通錢家浜入永安湖實鎮中之孔道也自 國初絕海商置城守此渠遂絕市河湮塞為民居惟於西城設水關通流至常積倉前以便糧運而已別有一支自東繞過北門謂之舊城河出丁家橋會於倉河然亦微細湮沒將盡矣

湖河自永安湖閘口而下一支西北流至孫家堰一支東南流過八字橋入錢家浜以達市河皆古水道也今則錢家浜壩塞至油車堰而止

轉水河在六里堰上地形高阜湖水盈溢則有渰沒之患故於堰南置閘轉出下河以時啓閉備旱澇有二座

里濱湖在南湖南際　獨匯涇自六里堰下過東經茶磨山出根竺橋入紫雲村路　橫涇河自六里堰張公橋下過北從陸搭孫老橋入梅園路　鵶鶄浜自張公橋進船橹山後經鵶鶄橋下沿山水道將至彌頭門而止即舊誌鵶鶄墓乃古客船發貨處　金水堰在鎮北十里地形高阜不通水道左右皆煎鹽草地故謂之鹽天蕩　秦溪在鎮東北十里自秦駐山發源流至于此故謂之秦溪北通烏坵塘南通豐山港謂之魯塘河　又東浦按舊誌在鎮市東直通彌頭門鹽丁汲之煎鹽今不可考　鮑郎浦去鎮北十二里古通東浦後湮塞浦水尚存頗闊

堰壩

六里堰　孫家堰　沈家堰　前金壩　後金壩　謝家壩　張家堰

顧家堰　南門西壩　金水堰　大河堰　南門外鹹水閘塞而不通

見在閘四座

南湖閘　北湖閘　轉水閘二座成化年間本府通判張岫親詣地方相視高下置閘二座至今民受其利

橋梁

丁家橋 今對廣福土地廟

鹽司橋 即舊誌通江橋也

安德橋 在今陳百戶門前

西石橋 在今水門內

錦繡橋 在廣福廟北城下

板橋 在海門寺後

寺橋 海門寺前

石灰橋 在水關外

鹽倉橋 在今鹽場左右鹽倉設于碼頭門皆自此橋下載鹽往彼交納

鄔家橋

打鐵橋 二座皆鹽倉右

柳橋 即今柳家橋當六里河之中

徐家橋 六里堰上

馬路橋 在西門外官路

王家橋 吳王廟後

望湖橋

迎春橋 二座夾峙今名八字橋

吳王廟橋 在廟前

張家橋 八字橋南

永寧橋 在湖閘口

施墺橋 正對施墺街在徐灣村

蔡家橋 獅山東

楊家橋 孫灣側

轉水河橋 在閘前

勒鰲橋 在北門外

湯家橋 北門外

棗核橋 龕城河

張公橋 六里堰下

六搭橋 張公橋西二里

孫老橋 與六搭橋相近

鵶鵲橋 張公橋進過東

愚溪橋 茶院東南

西安橋 在獨匯涇

根竺橋 在茶磨山西今謂之大橋

馬駐橋 在大橋南

廣濟橋 金粟寺前

太平橋 茶院市中

石碑橋 天子墓北

仁和橋 金粟寺西

招寶橋 茶院市北

秦皇廟橋 甪里山東

黃板橋 甪里山西

野橋 甪里山北

八字橋 楊家田東

爛皮橋 五河涇側　金家橋 陸司空廟西
東浦橋　西浦橋 俱鮑郎浦上
石鼓橋 秦駐山下　宋老橋 宋亭北
東洋橋 豐山東　夏灣橋
楊坟橋 俱雪水港　何家橋 葛山前
管山橋 管山東　東鹹塘西鹹塘二橋 俱管山南
三郎廟橋 在廟前　石角橋 豐山西南
蓮花橋　報恩橋 俱梅園東
梅園橋　寧海寺橋
嶽廟橋　李家橋 法喜寺前
招寶橋 通玄環橋側　環　橋 南通浦北入海鹽嘉興路

已上自環橋起迤邐至石鼓橋止河流發源於秦駐山迄今謂之秦溪法喜

寺石刻秦溪二字猶存

土產

五穀

稻 粳糯早晚其名甚多

大麥　小麥　裸麥　蕎麥　黑豆　青豆　黃豆　豇豆　菉豆

豌豆　蠶豆　羊眼豆　黎豆　赤豆　飯赤豆　蘆粟

貨

鹽　苧布　綿紬

藥

枸杞　牽牛　半夏　蒼耳　蛇床　香附　益母　香薷　瓜蔞根

吳茱萸　地骨皮　夏枯草　金銀花　紫蘇子

蔬

蘿蔔 冬瓜 生瓜 絲瓜 甜瓜 葫蘆 茄子 青采菜 芥菜
生菜 白菜 甜菜 葱 韭 蒜 松花蕈

木

松 柏 桑 柘 柳 楮 椿 榆 槐
檀 朴 梅 桃 杏 橘 棕 李 枳
楝 香茶 冬青 白楊 烏榕 烏柏 棗 楊梅 花紅
橙 香圓 銀杏

草

茆 勒干 蘆葦

竹

淡 茆 台 紫 烏金 王莽 桃絲

畜

牛 馬 羊 豕 貓 犬 雞 鵝 鴨

鳥

雉 鸜鴿 鵲 鷺 鷹 鴿 鴟 鶉 燕
雀 鶺鴒 鵓鴣 雁 烏 黃鶯 百舌

獸

麞 兔 麂 貛

鱗介

鯽 鯉 鮎 鰷 黑魚 青魚 黃顙 鱸 鱉
鰈 鯔 鰻 鱔 鰍 龜 鼈 蚌 蟹
蟶 蜆 白蛤 鮮蛤 梅鰕 黃甲 田螺 螺絲

續澉水誌卷之一地理紀終

續澉水誌卷之二職官紀

軍職凡四曰正千戸曰副千戸曰百戸曰鎭撫皆海寧衛屬有司三員曰巡檢曰場大使曰倉大使俱隸海鹽縣

正千戸一員 正五品武德將軍月俸三石二斗

楊鑾直隸蒙城縣洪武中子先孫貴調邳州衛傳謙宣德十年來任傳潤楷璽玭承勳

副千戸四員 從五品武略將軍月俸二石四斗

于誼含山縣籍傳子淵陞副千戸洪武二十八年來任傳懋瓛瑄祚炳守臣煥守爵嘉靖三十三年坐駕兵船追勦受賞

李臯登豐縣籍子祥襲金吾衛副千戸洪武二十七年來任傳允璇寧鶚恩憲

李興旺合肥縣藉洪武中陞府軍衛副千戸子福宣德八年至傳盛昇節欽景

石玉淸豐縣籍靖難功陞隆慶衛副千戸泉襲正統八年來任十四年征金處受賞傳璽鎭鑾

百戸二十員 見在十八員正六品昭信校尉月俸三石

余潤河津縣籍洪武中陞今職二十八年來任永樂四年征安南受賞傳忠銳瀾椿澐

呂得零陵縣籍永樂中子興陞今職傳眞正統八年來任景泰元年金公岩戰沒傳剛信鳳嘉靖三十二年海賊登刼同子爵戰沒繼忠優給候陞

趙祥盱眙縣藉洪武中陞今職子信二十四年來任永樂六年安南戰沒傳本昂瓛和淮

馬福博平縣藉洪武中陞今職謫金齒衛子良襲二十七年來任傳榮昂

預聽

王玉合肥縣籍洪武中陞今職十七年來任傳廣永樂七年征交趾傳剛雄謙縉家賓

劉成高平縣籍子順永樂中陞今職傳斌正統八年來任十四年征處州受賞傳能正德八年征開化受賞傳賢寬璧璠

左貳馬邑縣籍永樂中陞今職傳至眞正統八年來任傳敬征金華受賞傳全勝天祥

郎暹山東兗州府單縣籍永樂中戰沒子銘陞今職十六年調海寧所子汶正統五年征金華傳旻武勇勛正德六年至傳舜臣嘉靖三十三四等年殺賊受賞

楊遇春蕭縣籍傳至銘永樂中陞今職正統八年來任傳輔忠信功

胡會南豐縣籍洪武中陞今職傳至浩成化十一年來任傳寬偉靖寵嘉靖三十三四等年殺賊受賞

朱成定遠縣籍洪武中陞今職傳榮二十六年來任傳昭英正統十四年征處州傳祥松震臣嘉靖三十四年殺賊受賞

黃子成東莞縣籍傳本奴永樂中征西洋陞今職傳貴正統八年來任景泰元年征處州傳福雲漢鍾嘉靖三十三年五月間倭寇攻南城鍾禦之退因推領水兵受賞

郭信松滋縣籍永樂中陞今職征交趾受賞子璵正統三年來任四年征金華傳敦禎繼勳舜卿嘉靖三十三年倭寇攻城發矢中賊退

陳壹溧陽縣籍子貴洪武中陞今職傳璜景泰元年征金華受賞傳武德湧至九州

姚祿潛山縣籍洪武中陞今職二十七年來任傳眞全暹景泰元年征金華受賞傳勇勳玢岑戰沒子思舜陞千戶

徐彬壽州籍永樂中陞今職傳敬正統八年來任十四年征金華受賞傳
智恩漢
余壽通州籍洪武中陞今職傳綱永樂八年來任傳旺壽昌宗韜勳嘉靖
三十四五等年殺賊受賞
史興九丹陽縣籍洪武中陞今職傳至文永樂六年來任傳斌景經昭章
鎮撫二員從六品月俸二石二斗
陳興昌化縣籍洪武中陞今職二十八年來任永樂二年征安南傳暹瓛
輔鑾綬經
林景清海豐縣籍洪武中傳勝正統八年來任陞鎮撫傳保方秀忠嘉靖
三十五年擒賊受賞
澉浦鎮巡檢司
巡檢一員馬吉夫見任 司吏一名

鮑郎場鹽課司
大使一員毛鵾見任 攢典一名 書算二名
常積一倉
大使一員 攢典一名

續澉水誌卷之二職官紀終

續澉水誌卷之三公署紀

公館一座 在東門內大街

頭門三間　儀門　前廳三間　後廳三間　兩廊東西各三間　基地六畝七分三釐八毫

澉浦守禦千戶所 在東門內大街公館之西

鼓樓五間　儀門三間　大廳三間　後堂三間　耳房二間　東庫房一間　西軍器庫一間　正廳東西爲廊房

土地堂一間 在儀門左　監房十間 在西久廢止存一間

鎮撫廳 在儀門內今廢

旗纛廟 在正廳北久廢

所基地一十九畝八分七釐五毫

澉浦鎮巡檢司

宋在鎮市浦東今在東北十八里泰駐山北洪武二年設置于澉浦鎮城德化坊初因風潮摧圮七年巡檢王德遷于本鎮安德橋東十九年因設千戶所巡檢愛顏改移于此築堡高二丈一尺闊五丈周囘一百十丈南北門二座濠深五尺闊三丈演武場一處徭編弓兵一百二十名

鮑郎鹽場解

古在本鎮通江橋側右有秀野堂

國朝遷出水關門外臨河以便撥船門道官廳解舍幷倉屋共計四十七間右爲分司廳徭編工脚先時十名今八名

常積一倉

原係軍倉舊在千戶所對過直南基地九畝一分三釐八毫洪武二十二年千戶孫信首建倉屋二十四間定爲四厫至三十年千戶朱貞以水次不便移造新倉在西門內臨河以通水關基地一十六畝三分二釐六毫

厫如前數俱係本所帶管正統二年改立民倉設官以司會計立官廳解舍門道以貯各縣解到軍糧徭編斗級正四名貼十六名今亦不拘也

續澂水誌卷之三公署紀終

續澉水誌卷之四貢賦紀

區圖

係海鹽縣十三都分爲三區曰東南曰西南曰東北在宋皆鎭境也今雖里分異宜而河山不改自附鎭東南一區而言洪武以來原額五里嘉靖三十年造册因圖貧併作四里有一界二界三界四界五界龍師鹹淡潛鱗河海等圩里長六名當値官府往來抵應後止四里今撥東北區一里西南區一里共當原是六名不缺

丁產

東南區人口一千六百七口田地一百三十八頃二十七畝六釐八毫開除積荒一十六頃一十四畝四分四釐二毫實在田地一百二十二頃一十二畝六分二釐四毫山蕩六十七頃五畝三分七釐二毫開除積荒四十一頃一十三畝九分九釐三毫實在山蕩浜灘二十五頃九十

一畝四分三釐二毫

西南區人口二千三百四十七口田地一百九十四頃三十九畝三分五釐七毫內包補挑掘築塘地五畝三分九釐山蕩浜灘等項一百五頃七十三畝五分一釐三毫

東北區人品口二千三百九十八口田地三百三十四頃八十一畝五毫內包補築塘田地一畝七分三釐二毫積荒田地五頃三十六畝六分八釐山蕩灘浜等項五十二頃四十七畝七分五釐四毫

稅糧歲造實徵難以數定

議曰詩有之小東大東杼軸其空以言賦役不均覃大夫所以告病也故禾郡之貧海鹽爲最海鹽之貧澉爲最甚矣澉民之可哀也其在古昔十三都至爲富庶淩遲至今十不及一戶口畝丘不過如前所錄然亦直據見今黃册云爾十年再造又非舊額故田地之數不可以爲典要而糧又

歲徵不一尢無規定難以計算蓋積弊不可勝窮嘉靖戊申頼郡主左山趙公瀛均平糧則不拘田地每畝皆以二斗五合起科不拘山蕩每畝皆以五升起科永爲定例由是存糧積蠹無所容姦兒童婦女皆可輸納固沒世不忘矣但糧役煩難人思規避往往竄入別都故事産日蹙地方愈加艱窘近幸

當道欲行各里自收不設糧役甚盛心也但在官小人利於有事而不便於安常多方計阻殊可歎息誠能斷然行之又豈澉鎭一隅之福而已然貧薄之源固起於糧差而糧差之弊莫大於飛竄孰能聞於當道必使田産各有定額止許越區置買不許越區開收都不過都一如縣不過縣每里田地十甲通融里或窄陿鄰圖撥補務使均平如一則不必僉審亦無爭訟一年糧長九歲安閑原頭不多收頭減省久安長治莫出於此否則影射多端虛耗轉甚雖通都大邑有不能支而況澉鎭彈丸之地不至人消

物盡不已也然獨不便貴富之家勢實難行非有爲國爲民不畏強禦若左山公者不足以辦此抑考均平之法固至善矣亦有下情不能達者澉鎭濱海一帶斥滷高阜無水去處約有四千餘畝厥壤下下不可以田與尋常宜稻之地不同雖夏麥三升常苦旱荒況秋糧乎蓋非法之不善乃土之無良耳居民貧瘠時有怨咨似須實查患地稍與從輕比之其他量爲減半二畝折算一畝包補於概縣泰山一秋毫耳而斯民之被澤則均矣滿堂燕樂一人向隅而可乎哉

澉浦鎭稅課局

按舊府誌宋係鎭官兼職元爲澉浦務

國朝洪武元年係海鹽縣稅務兼管洪武三年除授副使郝恕開設洪武十四年改除大使管事本縣纂節牛邏等五處本鎭纂節通玄茶院二處後復併入本縣稅務今無

鹽課

按府誌成化五年右副都御史邢宥按臨整理鹽法鮑郎場一千零七丁水鄉折色二千八十四引零八十斤折銀一千四百五十九兩六分本色一千五百六十七引一十四兩一錢每引二百斤今兩浙鹺誌云原額五千一百二十九引議處通融改出一千八百五十六引抵派鳴鶴場訖止存三千八百七十三引竈丁一千五十五戶一千七百二十丁總催五十名原額大丁四百一十丁七分五釐每丁該銀一兩一錢五分五釐四毫四絲一忽六微實徵小丁三千一百四十一丁每丁該銀一錢五分七毫五忽二微九纖二秒額鹽三千六百五十三引二百二十八斤一十四兩一錢每引四百斤水鄉折色二千八十四引一百五十斤該銀一千二百五十兩六錢二分五釐鹽價銀一千一百八十二兩五錢九分六釐係海鹽等九縣包補徵解草場價銀六十八兩三分係海鹽縣徑解濱海鹽竈一千五百六十九引七十八斤一十四兩一錢該銀九百四十一兩五錢一分八釐三毫二絲一忽八微七纖五秒折色鹽七百八十引一百二斤該銀四百六十八兩一錢五分三釐該海鹽縣秋糧餘米內包補徵解本色鹽七百八十八引三百七十六斤一十四兩一錢該銀四百七十三兩三錢六分五釐三毫二絲一忽八微七纖二秒

灘蕩

灘場四千一百六弓一尺五寸草蕩九十二頃一十四畝九分五釐二毫八忽每丁分灘場二弓五寸草蕩一十五畝六分八釐

團盤　東團　西團　南團　北團　東北團

額定官鹽三十塊分給竈戶有差每鹵一擔成鹽二十五斤議曰鹽之有榷泊漢已然歷代因之其法不一入

國朝始有存積常股之名以備邊商開中皆本色鹽耳法久必弊弊極必

更一變而爲成化中御史林誠之折色再變而爲正德中御史王朝用之買補三變而爲今嘉靖中知縣夏浚建議折色蕩價皆包補於秋糧所謂存積常股不知爲何物矣時移事換其勢靡常通變宜民以紓竈困固亦善矣然批查勸振經時積歲而商人有乾沒之嗟大夥公行兇器畢備而私販有跋扈之勢日巡月解破家完官而應捕有陪納之屈畏罪守法魚餒肉敗而遠鄉有食淡之苦是皆權之爲害又非特鹵丁終歲勤動勞其筋骨餓其體膚而已也鮑郎之課丁鹽皆有定額灘蕩各有處所而又民差量充繡斧使者每加優卹粗爲少安但恐不能久而無變嗟乎安得豪傑之士一求改絃易轍更化善治之道者乎

屯種一所

在城外西北五里百戶一員原額旗軍一百一十二名派種海鹽縣田地一十三頃七十六畝每年本色子粒五百餘石屯軍見在四十六名餘丁

九十七名縣誌云每田一畝納糧二斗每地一畝納糧一斗六升

歲造

澉浦千戶所歲造軍器二十副

續澉水誌卷之四貢賦紀終

續澉水誌卷之五兵衛紀

城池

宋元以來係澉浦鎮市井初無城郭

國朝始築城周圍九里三十步濠塹周圍二千一百丈深一丈六尺闊一十六丈城基一頃六十五畝九釐一毫陴院一千八百七十五個吊橋四處窩鋪一十九座旱門四東曰延春西曰肅武南曰靖溟北曰拱辰水門一內曰活源外曰通儲按嘉興府舊誌城周圍八里一十七步高二丈四尺五寸洪武十九年九月

欽差安慶侯榮陽侯委本衛千戶費進等官度地築土爲城永樂十六年

都指揮谷詳等巡禦以磚石包砌正統八年

欽差侍郎焦宏令杭嘉湖三府備料重加包葺水門一座池周圍九里零三步今云城圍九里三十步蓋指城濠而言也當時築城失于疏略城既

欠高且不陡峻突如階級可以負戴而登嘉靖三十等年倭寇屢至官府時加修葺換舊增新勢頗嚴正但濠水雖闊而淺甚深處不過三四尺風信之月未暑先乾如履平地無險可恃有保障之責者其容緩視乎

職基幷軍營地共四頃零三畝五分九釐九毫四門兵馬司共地二畝八分六釐五毫

四門月城幷吊橋及水門河共一十四畝四分四釐四毫沿城喂馬地二頃七十五畝三分八釐

軍伍

洪武初禁革通番至十七年正月十五夜倭夷登刼殺害十九年始調千戶孫信王懋率百戶朱祥等十員旗軍一千一百二十名防守至二十七年五月十三日倭夷登岸失機再調百戶余瀾等十員旗軍一千一百二十名相兼守禦其後宣德正統景泰等年倭夷屢擾仍撥湖州海寧嚴州

等軍餘五百名常川帖守弘治二年
欽差巡視地方右侍郎彭　按臨將本所餘丁三丁抽一項補一百二十名發回湖州等軍除訖經今七十年間流移死絕止存正軍六百八十名

議曰該所額設正軍二千二百四十名除官俸外每軍名糧八斗每月該糧一千七百九十二石一年該糧二萬一千五百零四石俱派杭嘉湖紹等府上納固定制也太平既久逃絕數多止存正軍六百八十名每月止該米五百四十四石比之定制已少一千二百四十八石固宜倉中之粟紅腐而不可食而六百八十正糧仍又不足則定制一年二萬餘米皆安在耶且八斗口糧父母妻子衣食皆在于此未粒未支使用先派經年一放債主紛然仰事俯育將安遂乎餘丁原不支糧終歲執役寧無不均之嘆是無怪乎逃亡之多也巳近因寇亂蒙
軍門閱實　驍兵於是官舍餘丁皆得食糧庶幾可矣但運道艱難糧役畏憚米不時至軍常空乏似須有以處之則足食足兵可以固守而無事於客兵之募矣

教場

在南門外計六十三畝九分九釐六毫按府誌云周圍二百五十丈七尺

議曰鼂錯有言器械不利以其卒予敵也卒不可用以其將予敵也今之兵勢誠如錯之云矣二百年來邊徼無事軍當民差民缺軍餉習以爲常不復知訓練之事演武之地掬爲茂草一旦三韓告變如處女戶不知所適亦何貴於兵哉是故朱鏊玄甲乃古人之成法我
太祖所以定天下者也正德初年猶及見之乃今不復識矣甘以血肉之軀自獻於賊彼徒知輕快利於逃生而不知赤身反以速死否則
高皇帝之智顧有所不如乎戰之長技莫先於射今亦不復以射爲事夫射用弓矢猶可誘也今海濱石子最多而張青飛石之技不過取之水濱非若

弓矢之難辨亦何憚而不爲乎刻木爲人立於五丈之地取石打之以中面爲入格中目者受上賞而中身者勿論也假如十石以中八九爲入格全中者受上賞而中少者免責也其初習也自近而漸遠始於二丈馴至五丈能出五丈之外者愈遠愈奇乘城擊賊見效甚速其他器械悉皆操習技成膽斯壯矣足食之後必當務此彼亦自衛室家豈獨親其上哉

砦堠

總砦　葫蘆山砦　西嘴砦

東鹽團砦　渾水砦　東中砦

西鹽團砦　青山砦　青山東嘴砦

牆山東嘴砦　平洋砦　水閘砦

南湖塘砦　新添大步門砦　望夫臺砦

黃泥砦　廟山烽堠　西山烽堠

墻山烽堠　秦駐山烽堠

操備南海口廠房（基地二畝九分）　陸路東海口廠房（基地二畝）

湖州貼守廠（基地二畝二釐三毫）　總砦（基地二畝九分）

葫蘆灣廠（基地二畝常有賊船泊此險要）

鋪舍

澉浦東門鋪（十里至長川鋪十里至藍田鋪交十四都界西門十里至譚山鋪交海寧縣界）

續澉水誌卷之五兵衛紀終

續澉水誌卷之六祠宇紀

城隍廟 在南門大街基地六分六釐七毫

東嶽廟 在今北門內臨街宋時最重嶽祠故有天齊聖帝行宮嘉定三年建今廟雖存乃以奉劉相公神者一方敬畏香火嚴肅

天妃宮 并神道坐落南門大街基地五分二釐九毫洪武初調官軍每一百戶所立武神廟一座民間每一百家立土穀社廟一座天妃龍王是爲總宮原設南門外操備瀲前天順初風潮坍倒移進在此有金額勅賜明著天妃乃摹勒宋張即之字甚佳

張王廟 在大街市中稍西即舊誌所謂張帝廟也乃祠山行宮宋嘉定三年建神名渤今建康英靈坊十廟有碑

廣福廟 即今所謂土地廟也在北門內禪悅寺後右正對丁家橋詳舊誌

眞君堂 即青山下醫靈院也眞君姓吳名猛東晉時許旌陽弟子斬蛟療疾大有功於當時廟中有鐵五十六枝極靈廟前有古井水能愈疾人多汲之

黃道廟 即舊誌顯應侯廟也在長牆山上臨龍眼潭宋建炎三年間番舶皆聚於此其神甚靈舊誌可考自 國朝禁海之後廟遂頹廢止存遺址潭亦沙泥漲塞無存近因倭變調習水兵皆泊山外神忽作祟見夢求祀遂爲立廟俄而澤忽坍出復舊兵船遂有所歸甚異

吳越王廟 在西門外八字橋邊舊志詳矣

秦始王廟 在鎭東北十八里秦駐山上始皇南巡駐蹕此山今廟前有飄松一方伐去復生時顯戈甲光怪之異

皐蘇將軍廟 在金牛山

䃥王廟 在北門外三里謂之䃥頭門山上

禪悅寺 即舊誌禪悅教院在北門內俗謂之大寺以其居天下十剎之數也本行香庵靖康元年賜額僧法奥開山今寺廢基存惟餘鐘樓在耳

鬧頭庵 今在北門內小街宋時招寶運河至此有鬧而庵臨之故名今鬧亡而廟存內供觀音其籤極靈

海門寺 在南門大街即舊誌祐福禪菴宋僧永固開山元大德六年中峯祖師開堂說法重建題梁至元乙亥高林壽禪師復建至正癸卯天眞則禪師鼎建大殿山門等字洪武二十四年清理佛教造週知册併入法喜寺永樂元年奉例仍復本菴三年景南永忠禪師建大悲閣宣德乙卯東濟宗福禪師請到今額基地三十畝事詳碑記內有雪堂春社係僧明琇法紱集緇素修淨土之所寺有古柏二株三百餘年物也

觀音寺 在北門大街市中即舊誌永福教院也宋爲徑山接待院今俗呼爲小寺尼姑居之

延眞觀 在西門內大街南即舊誌眞武廟也元土官宣慰楊梓居之建樓十間以貯姬妾謂之梳妝樓入 國朝革土官置城守楊氏乃

遠徙樓梯不存遂無登者正統間道士朱洞玄始登之見有簾幕鏡奩古書玩物等件今爲延眞觀樓尚有存

悟空寺 在永安湖側荊山上舊名永安寺宋治平元年改額今寥落甚矣宋有五顯廟極靈近有玉芝庵甚清雅俱廢又有普明院在萏山

上幷資福庵實相寺梵潮庵皆洪武二十四年清理歸併入悟空爲下院

金粟寺 在茶院金粟山去城十二里宋開寶乙巳錢武肅王賜號施茶院祥符元年改廣慧禪院其寺最古孫吳赤烏年間建爲江南有寺

之始詳徐泰所修縣誌

法喜寺 在通玄市舣自吳梁唐有神僧良準歷代顯靈異後古碑及寺俱廢嘉靖間僧戒楫重建許杞翁爲之記

寧海寺 在法喜寺東一里宋紹熙中賜額

嶽廟 通玄市中法喜寺左

覺林寺 在豐山元至正甲午僧梵琦開山名實相庵洪武宣德中增建天順二年賜額

碧里寺 在碧里山元時建今廢無存

福慶菴 在海門寺南弘治間有僧本端居之結草龕靜坐四十年卒

玉芝菴 即湖海山居嘉靖初僧法敍買荊山一畝築精舍修禪樹靑松碧梧翠竹極幽勝數年行脚入武康山止焉菴遂廢

雲岫菴 一名雲鷲在鷹窠頂最高處九曲而上自宋南渡來許宸世居此今廢址尚存

水月菴 在茶磨山東南週園皆水故名

丁山廟 在大步山上居民新舣以奉楊四將軍蓋潮神也

三郎廟 在秦溪上故老傳云昔有兄弟三人生有德行及卒人祀之爲土穀神祠三村各分立廟疾病水旱禱之

二郎廟　五六郎廟　陳總管廟　陸司空廟　俞歷廟

朱王廟 以上皆各地方土穀神祠

岳武穆王廟 在千戶所公廨左嘉靖癸丑以後倭夷連寇海上屢至城下官兵悉力捍禦百戶余勛郎舜臣默禱王于城上遙見神兵

數輩約長丈餘金戈鐵馬出入山中自是歲皆寧謐我師屢捷於是勛臣等申請建精忠祠以答靈貺保境安民實戊午歲也

續澉水誌卷之六祠宇紀終

續澉水誌卷之七人品紀

宦蹟

宋之仕澉者自趙溍夫而下具見前誌不重錄自元迄今凡有功於鎮城者則書之庶不沒其善以爲來者勸也

元楊梓中大夫浙東宣慰副使僉都元帥府事嘗鑄憚悅寺銅鐘今二百餘年猶存鎮一城風水

楊耐翁梓之子浙西道宣慰大中性至孝好施舍獨建天寧寺觀音殿又以己財造闤闠招民居之由是人烟輻輳番船歸焉餘詳齋粮記

明費進 國初本衛千戶奉安慶侯榮陽委度地築土爲城谷祥都指揮永樂中巡禦加以磚石包砌城垣

焦宏侍郎巡視至澉重加包葺四門月城幷水門一座

孫信 國初千戶首建倉屋

朱貞千戶復置新倉

戴迪紹興衛指揮正統八年奉委用石包城

張岫成化中嘉興府通判親詣本鎮相視高下置立轉水河等三閘至今民受其利

楊楷本所正千戶貌魁梧有膂力掌印四十二年務本力穡以倡手下軍民安堵

楊璽楷子襲陰有孝行知文墨一廉如水盡心職業弘治中建造本所儀門後堂不費軍伍不煩有司不幸早卒無不感泣

夏浚江西玉山人由進士任本縣知縣四門譙樓歲久摧圮俱浚重建

楊和杭州衛指揮嘉靖初備倭把總澉城水門久塞糧運不便公督軍士開通不日成之人情大悅

顧邦重甯波衛指揮廉明有文把總浙西澉軍至貧又有養馬之苦十室

九空公申請革除五十四止存十四士夫德之

張鈇台州衛指揮淸才雅量美詞翰把總浙西澉兵戍長沙灣者相去八十餘里饑寒困頓與死爲隣且無實用而本城空虛反加撥遣公申請撥回陰隲甚大

李希賢福建汀州衛指揮統領水兵守澉謙虛不伐厚重有爲邀擊賊船長墻山外斬獲無算士氣大振

徐行健海寧衛指揮倭夷之亂守備澉浦先是太平旣久軍旅廢講公至斬然一新振肅綱紀夙夜匪懈鼓舞士氣始至人情不安久則貼然以定令行禁止無不如志樓櫓板築繕治堅完用能却賊於郭門殲寇於村落長驅百里以赴強敵力戰死之

朝廷報功長子陞都司次子廕指揮

李茂本縣典史勤愼明敏歲甲寅守澉賊攻城悉力捍禦人多其功

鄭茂莆田人由進士任本縣知縣提督澉鎭調足兵粮增築敵臺一十六座威名大著人心倚重

楊進道直隸曲周人由進士任本縣知縣閱視城池點劄兵船選擇壯勇添蓋敵亭戰守足恃

黃鶴福建淸流縣人由選貢任本縣縣丞淸苦有學盡心職業奉委守澉出人兵衛繕完城郭人以無恐勞蹟具存

彭端海寧衛指揮本所公廨年久頽壞重加修葺皷樓儀門煥然一新亦等威之所在也

欒壎處州衛指揮把總浙西署叅將事留心邊務設處灰磚增築女墻三尺白是堅壁可守莫能攀援矣

楊伯喬湖廣辰州衛指揮督府委差協同

張空思廡溪長官司土官統兵守禦俱能鎭靜境內無事

王科觀海衛指揮揔領水兵駐札龍眼潭險隘得人

崔致遠海寧衛指揮守備澉城撫䘏軍士用以無擾

流寓

唐朱行先字蘊之湖州烏程縣人事吳越國王官至右僕射續置桑梓於海鹽縣卒葬德政鄉通福里澉墅村之原事詳墓誌

元王濟莫詳來歷寓居澉川宣威將軍前南寧州安撫使澉湖爲招討王熔圍佔百姓被害賴濟具奏復舊民感之詳見碑記

胡隆成山陰人元官也高才善作値元亂偕楊鐵崖避居吳下題咏甚多嘗寓澉川金志剛家有詩

明彭暉字日華本衛將家子家貧力學聰敏過人援毫甚捷士友推服贅于澉城胡氏號寅齋由歲貢任德安府司訓卒

隱逸

宋常棠字召仲其先臨卭人曾祖同以御史中丞南渡扈蹕來僑寓邑之天寧寺子孫遂家海鹽郡縣舊誌所載簪纓不絕離散分處莫能悉考止紀其家澉者棠其一也號竹窻善屬文不仕所著有澉水誌

許棐號梅屋居秦溪所著有獻醜集

元董仲眞諱鎭按郡縣舊誌鎭儒者通經術有用世之志値元亂遂隱居海寧之泉山至正間陞征行百戶

明鎦儼字敬先其先眞定人父廣文君貞宦吾邑遂占籍金水堰嘗充邑庠生以目眚不仕博學工詩文有古行娶雙瞽終身愛敬如賓家甚貧友人沈德常死無所歸儼惟田三畝鬻而葬之今進祀鄉賢正統間人

蕭孚號誠齋鎦儼弟子也其先吉之龍泉人　國初隷尺籍于澉時皆烏合介冑兵民雜處罕有通字文者孚獨好學又喜教人澉有蒙師自孚始

康浩號樵谷先世吉之太和人以戎籍隸澂非法不道非禮弗履授徒終身喪偶不娶高潔獨居紙帳狐裘三十年如新與蕭孚相師資遐邇敬信稱之曰蕭康兩夫子云盧齋祝先生萃表其墓

董蘿石諱澐蘿石號也晚更號從吾道人仲眞七世孫好學工吟安貧志道年六十八學于陽明夫子篤信力行誘掖後學夙夜匪懈七十七卒有語錄詩集行于世進祀鄉賢涇野呂先生題其墓曰從吾處士

許相卿字伯台號九杞海寧袁花里人正德中官給事中年四十五乞致仕隱居茶磨山以醝籍乞隸海鹽鮑郎場得允遂爲澂人更號雲村病翁高潔不羣博學好古文章鳴世孤介絕俗影不出山者四十年壽七十九卒

仕籍

宋常褚淳熙十四年進士任朝散郎宗正丞江淮創置制大使司參謀官同之子也穀謹按縣誌載同二子株衿皆典郡有聲終宋之世子孫舉進士者二十人在海鹽者五曰濬孫曰楷曰衎孫曰賢孫曰楙而已其稱濬孫等皆諸孫而楙爲同曾孫是已獨楷無稱今考澂水誌參謀官常稱褚而後悟楷字之爲訛也蓋褚字從衣當是同第三子且常棠稱褚爲叔祖則其名必不從木無疑矣又據常氏墓碣稱其高祖令孫晦跡澂川是必株衿之後皆仕邑中獨褚等數人居澂耳不然何濬孫與楙皆有立朝大節照耀簡策而澂水誌中不少概見耶故今惟據舊誌所有不敢泛及抑考宋自常楙之後至德祐改元而宋亡閱歷十科而常之進士固宜不止五人今皆泯沒無聞可勝嘆哉穀家四世祖文林亦進士也雖邑既遠宋運將終時事日非兵戈擾攘其見遺於邑乘固宜矣

董夢嚴鎭之高叔祖以鄉薦任葉縣尉

董文林鎭之曾祖由進士任臨安府司法

常顒孫官判曹

常令孫國學免解進士

趙與珣將仕郎宋宗室也

常棣承議郎兩浙路轉運司主

國朝黃徧宗革除三年進士汀州府教授陞翰林院檢討有學有行清愼之操終始弗替今墓在葛山東麓

黃紹宗徧宗弟也中浙江鄉試受陝西王府教授寄籍咸陽縣有四世孫黃宸者中嘉靖丁未進士

常宏同之裔也當是永樂以後時人傳其墓在鳳凰山西麓今已迷矣但士人錄得其誥勅全文者爲文林郎南京都察院經歷司都事發身胄監妻陳氏討孺人云

金志剛字大節好親賢善應對友人費顯道因食笋戲之曰猫頭笋今大節志剛應敢曰狗尾粟未顯稻其捷如此洪武中充本縣老人因事至京朝見 上問四方盜賊平未同輩莫敢應者剛獨對曰捕獲已盡惟恐復生 上善其言拜福州知府

唐貞字士幹 國初人嘗從楊鐵崖學詩任廣東東筦縣縣丞見邑誌

張銘字日新選貢任山西平陽府推官

虞勳字舜臣天順四年舉人虞爲澉之舊族勳以詩經發解苦志積學二年而卒人甚惜之張方洲先生誌其墓

顧昂字文頫號留還爲府吏考滿吏部辦事成化戊戌任山東太安州新太縣典史昂雖卑官甚有功於澉浦一奏本鎮東南旱地開河載石起築黃家畹小海塘至今無淹沒田地之患一奏除豁澉浦所公佔城池軍營田地稅粮一奏城濠內空地南海新漲沙地永爲牧馬草場不許放縱軍馬食踐田禾民受其利一奏免本所運粮之苦軍受其福舊額軍馬一百餘匹因見倒死買補之苦奏請減除止存六十匹軍害稍輕若此皆仁者之心人可以資格論哉

馮璿由三考任武德經歷

董載蘿石湮猶子以歲貢任荆府教授進祀鄉賢
鍾禖由選貢任福建光澤縣教授曾修本縣誌
陳瀛由例貢任福建龍岩縣知縣
徐縉由歲貢任鉛山縣訓導
鍾道由歲貢任婺源縣訓導
董穀蘿石子正德十一年舉人任湖廣漢陽縣知縣
顧霑鮑郎場灶籍嘉靖乙未進士任福建運使
董隆載猶子由歲貢任廣東肇慶府訓導子啓七舉不第父亡焚其衣巾而瘞之終墓焉
陳鯉昭信校尉壹六世孫嘉靖癸卯舉人今任河南上蔡縣知縣
徐鷁縉猶子嘉靖丁未進士任南京刑部郎中
馮臯謨嘉靖庚戌進士任江西僉事
趙黃金嘉靖十九年舉人
虞志高勛四世孫嘉靖十九年舉人
秦模由都吏選某州州同卒于京師
張泰由承差任南京留守衛吏目
張乾由例貢任福建延平府經歷
張理由三考任江西奉新縣縣丞
黃德甫由例貢任湖廣黃陂縣縣丞
陳棟由例貢任山東兗州府曹縣縣丞轉陞本府沂州判
董鯤載子嘉靖癸丑進士任南直隸巡按御史
董學仲直九世孫丙辰進士任行人司行人
張明復由例貢任上林苑署丞

上舍生

黃三錫嘉靖二十一年入監

徐九容嘉靖三十二年入監俱未仕

庠友

董啓　王韋　蔣璠　趙岑　陳鯤　陳鯇

魯材　陳賞　徐行　李弁　吳大化　楊天秀

劉思堯　賀明化　徐應登　徐存義　徐存心　徐行儉

陳大基　黃三接　黃三聘　夏良和　黃雲鵬　黃三輔

黃餘慶　張其道　許聞造　陳九皐

孝節

元沈壽康字原懋通經術至正間嘗爲州吏性極孝親沒廬墓敝衣非食九年終於墓側南臺嘗論薦不起洪武初知縣王文表其村曰孝隱墓在豐山

明鄔質其父性侈好客質竭力養志時密典衣簪以娛其父惟恐父知父好馬即畜良騎每出必隨父後一二里始回將歸又迎里許以爲常歡情可掬鄉里稱嘆子名魯尤純孝甘貧落魄嗜吟咏喪父號慟數日不食憂思至痞夢中無夕不見其父醒必涕泣因號夢椿父子一轍以曾晳之事例之謂之孝亦宜矣

胡式字敬之性純孝罄其家業以奉親生事死葬必誠必信世之所罕見也詳見後傳

陳籍妻吳氏吳之事姑也蓋諸子已析居姑每至其家吳極其愉悅每夕與姑同寢兩情相得惟恐他適酒殽滫瀡將無作有日更新美籍亦同志人無間言鞠育其子而知義方延師訓迪罄其笥篋卒抵於成人稱孝慈鯉之母也

朱士廉妻董氏名淑貞按郡誌儒者董鎭女也贅黃岡朱士廉生子敏學九月而夫卒年二十有四誓不再天奉父母克盡孝道迎其姑徐歸養

孀居終身年七十三洪武中旌其門

姚琿妻周氏名福蓮按縣誌年二十一歸澉浦姚琿生一女而夫故時年二十有五止生一女家貧歲歉父孟經將嫁之婦覺而與女同赴水死縣令譚公哀而祭之詳方洲張先生所作傳

徐潮卽徐肇妻王氏按縣誌婦歸豐山徐潮年二十四而寡卒撫其孤晟以有成人稱苦節巡按楊御史以　聞未下司訓縉之祖母也卿士大夫多題咏之縉弟徐紳孝聞鄉里吮疽愈母出自天性弘治中亦經呈保勘實無媿苦節之孫云

張鎭妻王氏按縣誌婦歸淸畈村民張鎭早寡而復貧冰霜之操凜然年五十卒

董湄妻虞氏名嫄舉人勳姪女也父烈幼識字通知孝經女訓年十六適錢山董湄兩月而夫死嫄屢求死不得處靜久之乃繼一子昇爲其後刻木爲夫像朝夕奉祀二十餘年木偶亦靈異間常舉袖汗顙或時作聲翁怒其怪也焚之虞大慟幾絕自是悒鬱屏居抱病以俟死至五十六卒雲村許先生爲之傳已舉入海寧縣誌

周東妻吳氏獨匯涇吳本女適硤石生員周東舉一子踰年而東卒子亦隨死吳年十八欲自縊弗遂服闋親族有以家貧無子諷之者卽截髮自誓自是無敢言者善奉舅姑生事葬祭雖人子弗如一節始終幾四十年猶一日學校舉呈海寧知縣蔡完贈之匾額曰曠世遺貞

陳用龍妻王氏年十八歸用龍三年而夫卒卒之五十日而生子太學生瀅是也王善事其姑以孝稱慈撫其孤抵於成立潔白勤儉抱一節以終身壽五十二卒卿士大夫多題咏之

方技

韓履祥國初人號採芝讀書能詩工醫爲太醫院判神於切脈雖無疾壯

夫能隔歲斷其死期亦絕藝也淮南蔣用文贊其氣清而質醲德充而道腴探洙泗之正學通岐扁之異書吳郡趙友同贊其欿然若有慕乎前修淡然若無求乎當世行端而士仰其風業精而人獲其利可以知其概矣

朱洞玄江西貴溪縣道士幼皈依龍虎山三洞法師李自中爲師戒行精專修煉既久正統改元浪游湖海越錢塘而經澉浦愛其山海幽僻遂寓延眞舊院大振玄風祈晴禱雨斬妖驅魔無不響應各府縣爭相迎致卷軸甚多方洲張先生嘗言長女病瘧洞玄適至聞之卽取荳一粒呪之以授方洲曰水呑之方洲不以爲意也明日瘧大作方洲亦忘之矣忽其荳自袖躍出於桌上跳擲不已急以水呑之立止療病往往如此後無疾而逝

胡日章澉之戎籍也以星術決人休咎乃有仙氣非學之所能節婦虞氏初生時以命扣之卽題四句云移得名花向畫堂任他門外蝶蜂狂只愁水涸春歸早香冷簾櫳淡月黃竟以節終僧明琇少日父母將遣之出家扣之題曰小小魚兒數寸多而今且自在清波待看頭角崢嶸日一跳龍門出愛河後果官爲僧會杭州一人來問批之曰根基牢固正青年花月盈盈兩鬭鮮自是豪華多樂事元宵燈下蹴鞦韆其人果於明年元宵止妻觀燈不從相毆縊死嘉興一人生二子戲水邊同日溺死其妻痛切亦自縊檢其所批命曰一雙紫燕入池塘紅粉佳人繞畫梁如是者極多不能悉錄妙處不傳故其後人忻玠瑾琰皆以醫名藝遂絕

韓本字克誠號翠筠履祥四世孫能承其業古心古貌雅度隱德療人不責報濟貧忍辱有長者風以高壽終傳子昭孫節人稱世醫

仙釋

譚峭字景昇南唐時人父老相傳今譚家嶺乃其得道處故以名山按史峭嘗著化書宋齊丘欲竊爲己有乃醉之以酒貯以革囊而縫之投於江中流至金山漁者得而剖之見峭醒於其中曰齊丘奪我化書今盛行矣遂去不復見齊丘謂其死也乃始以書刊布而卒不能掩焉

康僧者吳赤烏間自康車國來江東大顯靈異遊方至金粟寺施茶因名茶院後立化於天禧寺遂漆其眞身忽騰空入海鹽之秦川衆力請之皆莫能舉惟金粟請之則至我
太祖高皇遣使降香昇還天禧詳胡濙碑記

準高僧僧名良準有塔於法喜寺司空曙寄之詩云昨聞歸舊寺暫別欲經年樵客應同出隣僧定伴禪後峯秋有雪遠澗夜鳴泉豈藉公卿論人間已自傳

僧明本號中峯錢塘人幼聰悟博覽爲文援筆立就四方士夫從遊者甚

衆元仁宗賜號廣惠禪師文宗賜謚智覺元統中詔以其所著廣錄入梓命學士揭奚斯序之嘗住持本鎭祐福禪庵即今海門寺是也

惟則字天眞號冰蘗道人姓費氏其先吳興人父君澤母潘氏夢異僧紛衛遂有娠而生七歲出家禮壽公爲師往匡廬參無極禪師啓發玄奧諸方聞風畏服洪武初　召天下高僧作大法會師與焉洪武癸酉沐浴告衆而逝有語錄行於世師髮留數寸不去髭鬚爲頭陀狀初澉有胡秋碧者善傳神師嘗令畫已影像千副欲以施人畫將半而師卒俄而日本夷人至見之皆羅拜曰此吾國祖師也安得在此競以金售之秋碧由此致富

景隆號空谷天眞高弟有語錄行於世

法聚本邑人姓富氏讀書窮理精於禪學戒行淸苦妙契密旨初出家於資聖寺嘉靖初結廬荊山修習禪定芝生榻下從吾道人題之曰玉芝

庵因以玉芝爲號初以詩謁陽明夫子甚見許可後與從吾募建禪悅
寺鐘樓晚入武康天池山隱焉
良民如陸英之公直是宜鄉飲姚艮之忠厚允有遺風劉旻居市而敦龐
喜施不吝於財蔣魯工醫而知詩好學教子成業是皆畏法循理足稱
善人錄之以厲薄俗

續澉水誌卷之七人品紀終

續澉水誌卷之八雜記

公移

結勘永安湖責說

德政鄉十二都澉墅石帆村住坐社長張千五等今蒙本都里正奉海鹽州指揮該爲照勘本都永安湖有無違碍公事今來千五等從實照勘責說得本里古有永安湖三千七百畝積諸山之水灌溉澉浦澉墅石帆三村官民田八千三百餘畝此湖原系民田爲湖其稅均於湖側田上輸納就湖東際石砌斗門木板爲閘以時啓閉每遇天旱開閘放水下流灌救田苗或天雨連綿湖水漲溢郤有東南葛母山下古置渾水閘放泄入海是以三村農田稅雖繁重歲無水旱之憂百姓均受其利見存亡宋武原誌書該載分曉至元十三年歸附初鎭守管軍官王招討分付駱百戶監督隅保塘長起差鄉夫將永安湖西南際湖面築捺圍裹成田三百八十畝於官司投告文憑虛指湖面郤作天荒硃草

地段郤非有主民產亦非係官地土自此作駱興名字抱佃送納官糧三十八石於後至元二十六年有王招討男王四萬戶將上項湖田過佃澉浦鎭楊招討召業之後郤於湖田南際掘開海塘剏造石閘逐年每遇春水泛漲之時不顧此湖積蓄救田水澤以備天旱但恐掩損湖田菜麥郤將湖水晝夜放泄入海及至夏旱要得湖水灌田又被管佃戶朱六十二壩塞不容水源通流致有三年兩旱田禾不收百姓陪納官糧幷老小口食不給典妻賣子流離死亡爲是豪勢畏懼不敢言告民受其害寃抑不能上聞若蒙官司將上項湖田仍舊開掘爲湖積水灌田實爲民便今蒙體問所責是實伏乞詳情備申

大德十三年六月初一日　縣押　司吏余志遠押

軍民利便呈

嘉興府海鹽縣十三都東南區糧里老周璋等承蒙本縣委官主簿樊　帖文爲軍民利便事准本縣牒抄蒙　本府帖文該奉

浙江等處提刑按察司副使沈　鈞帖仰府速行本縣即委的當官一員前去永安湖地方聚集糧里老從公丈量本湖周迴原深闊若干頃畝即今淤塞若干畝今用疏濬若干畝仍勘南北二湖何者急當先濬何者緩宜後鑿務要逐一體勘明白取其地方糧里老委官人等不扶重甘結狀畫圖帖說一樣三本依限隨帖呈來以憑施行備蒙帖仰勘報遵依會同本都遞年糧里老金付二等跟隨本縣委官主簿樊　前詣永安湖從公相勘丈量得本湖通行三千七百四十二畝中有官塘行路一條古分南北二湖南湖計有一千三百三十三畝北湖計有二千四百一十畝二湖周圍俱係山海北湖口原有古閘一座樽櫛水利遇旱起開放水閘下四散河港車蔭官民屯田八千三百餘畝本湖并河港自洪武年間有老民張小五奏

准起夫開挑各深五尺四時不旱田禾有收本境居民二千四百餘戶俱得安生到今八十餘年其湖河港浜漊俱各游塞淺窄遍生墅草遇旱俱如平地湖底與田彷彿高低無水車戽似此荒多熟少連年虧欠稅糧民食不給流移逃竄即今止有三百餘戶見在地廣人稀兼且連年旱災以致稅糧拖欠俱是見戶陪貱人民困苦官府被累後於正統十年得蒙本縣縣丞龔潮達奏奉

工部堂字三百七十一號勘合行仰委官踏勘量計人夫一萬八千五百餘名開挑至今未蒙起夫開濬田禾愈加荒旱今蒙勘得本湖南北二處俱各平淺閘下通湖河港高如湖底如蒙查照原奏勘合事理起夫將閘下河港浜漊急當先濬通接六里堰下河港接開北接開掘之際倘有雨水不常先將閘下河浜瀝去水漿庶不失悞工程以後方開南湖若得開完河湖田禾有收糧無拖欠人民利益逃者思歸又通澉浦千戶所軍餘屯田俱得利便行申間即不扶捏如虛甘罪所申是實

今開

勘得永安二湖古該三千七百餘畝今量計三千七百四十三畝　南湖

一千三百三十三畝每畝用夫五名共夫六千六百六十五名開深五尺計工二個月可完　北湖二千四百一十畝每畝用夫五名共夫一萬二千五十名開深五尺計工二個月可完　閘下河港浜漊量計五千九百七十九丈五尺闊狹不等每丈用夫一名共該夫五千九百七十九名開深五尺計工二個月可完

天順三年十一月廿六日遞縣

嘉興府海鹽縣主簿李　爲水利事奉

本府治農通判鄭　帖文該蒙

欽差提督河道浙江等處提刑按察司僉事吳　案驗前事據本縣十三都糧長老徐信等呈切照本區地臨海岸田土高阜不通下河止靠本境永安二湖取水救濟經今年久湖河俱巳淤塞積水無多先於正統年間本縣縣丞龔潮達奏奉

工部堂字三百七十一號勘合開挑至天順三年纔蒙布按二司　分巡副使大人沈　等官親臨相視起倩本府七縣人夫二萬餘名到區將南湖靠邊開挑不期冬月雨雪連綿不能施工停歇到今切有北湖弁閘口及近閘近田河道反再高淺未經挑濬其南湖裏深外高難以併放通河似此不得灌濟即今連年荒旱如蒙乞賜照詳疏通以甦民困實爲便益具呈到司參照所呈緣干疏濬舊湖事理合行勘報定奪爲此仰抄案回府即便轉行嘉興府着落當該官吏行委堂上公正官一員督同該縣弁澉浦千戶所各委官一員親詣永安二湖拘集彼處糧里耆老人等從公踏勘的於何年月日奉何明文曾否開挑因何歇工即今有無淤塞應否疏濬如果相應於民有益就與量計長闊丈數斟酌合用人工若干取具官吏委官人等不扶結狀繳報以憑施行毋得違錯不便抄案官吏先具不違依准呈來蒙此擬合通行除外備關前去請依案驗內事理施行准此照得本府通判鄭在任及管治農合委相應爲此除行澉浦

千戶所委官前來會勘外合行移牒前去請照案驗內事理施行准此照得本職見今督充軍糧難以親詣踏勘及照本職在任合行轉委爲此帖仰照依案驗內事理拘集該管糧里老人等卽便前去會同澉浦千戶所委官公同踏勘永安湖有無淤塞如果相應就計長闊丈數斟酌合用人工若干取具委官糧里老人等不扶結狀一樣三本呈報等因奉此擬合就行爲此該職合下帖文到日仰該管糧里老人等速照案驗帖文內事理施行須至帖者

右帖下十三都東南區糧里老徐信等准此

成化八年六月初九日　押

海寧衛澉浦千戶所承奉　本衛指揮使司帖文爲公務事准杭州前衛關經歷司案呈蒙

欽差提督河道水利浙江等處提刑按察司僉事吳　案驗前事節該　欽奉

勑書直隸蘇松常鎭及杭嘉湖七府幷蘇州鎭江等衛所地方應有河港溝渠湖塘等項盡行壅塞或被豪強之人占爲已業今特命爾專一往來前項衛府提督各該治農管屯官員趁時修理禁治豪勢興舉水利合用木石等料於各該田多有力之家從公勸諭或別爲措置量起所在附近軍民人夫相兼整理選委官員耆老分投提調敢有不遵約束不行退出原佔湖渠等項阻壞水利之人爾就拏問如律應奏請者參奏處治欽此欽遵擬合通行除外仰抄案回衛幷轉行鎭江等衛湖州等所各行所屬着落該管官吏照依

勑書幷案驗內事理各衛所委堂上公正官一員速詣所屬同各掌印與治農管屯官員選取各所衆所推尙有德耆老一名於各該地方遍歷踏勘河港圩岸等項除完固深通外凡有壅塞損壞應修者就與丈量多寡斟酌工程少者着令派取本處料物卽便趁時修理完備其工程浩大卒難成者亦要督令上緊修理如果本處人力物料不敷備由作急開報以憑定奪務俾河道疏通圩岸高厚水利興舉不爲後患按臨至日逐一看視中間有被豪強之人侵佔干

礙水利者即拘該管官吏旗甲人等從公審勘是實取具明白供給就令退出改正若或恃強不服者指實呈報如是委官人等扶同容隱并挾私妄害平人及因時科擾朦朧作弊怠慢悞事者舉發通行參問不恕各將委官治農管屯官員職名耆老姓名及應修河道塘岸等項地名長闊丈數同依准結狀各另繳抄案官吏先具不違依准申來備蒙到衞擬令通行除外請依文施行准此擬合通行除外帖仰本所當該官吏速照案驗內事理選取衆推有德耆老一名於各該地方遍歷踏勘河岸上緊修理完固具委管屯官員職名耆老姓名應修河岸丈數依准結狀星火繳報施行毋比常違悞不便奉此前事擬合就行爲此除外文書到日仰照案驗內事理從公踏勘該修河岸丈數上緊修完數目呈報施行須至帖者

右帖下耆老李端准此

成化八年三月十九日

海鹽縣十三都東南區糧里老徐信等

呈爲水利事切照本區地臨海岸田土高阜不通下河止靠本境永安二湖水面救濟經今年久湖河俱已淤淺積水無多先前正統年間本縣縣丞龔潮達

奏奉工部堂字三百七十一號勘合開挑至天順三年纔蒙布按二司分巡副使大人沈　等官親臨相視起倩本府七縣人夫共該二萬餘名到區將南湖靠邊開挑不期冬月雨雪連綿不能施工停歇到今切有北湖并閘口及近田河道反再高淺未經挑濬其南湖裏深外高難以併放通河因此不得灌濟即今連年荒旱似此春農有勞秋成失望緣因各圩河道糧多工程浩大如蒙乞

賜照詳疏通以甦民困實爲民便理合具呈施行須至呈者　嘉興府委官海鹽縣典史柳　爲公務事據本縣十三都東南區管業老人張　呈該奉

欽差巡督河道水利浙江等處提刑按察司僉事吳　案驗事理蒙縣着令管理務俾河道疏通水利兼舉蒙此除依遵外切有本區地方邊海高阜原有六

里堰壩不通下河活水止靠本境永安湖并閘下近田河淒積水灌濟湖有南北二處各置閘口以時開放蔭田緣因無人看守又輕年遠閘座灰石柵損致被近其閘壩豪頑大戶之家貪圖小利不思田糧爲重恃勢無時晝夜將湖閘并六里堰轉水河閘并各壩偷開張捕蝦魚遇其夏秋無水車救以致連年荒早糧草無徵區民缺食今有近閘民人朱敬等住近相應着令看守如蒙乞給仰各人務在用心看守遇有柵損隨便叫同地方人夫修築使夏秋用水之時拘集糧長并治水老人總圩長等以時開放車蔭田苗不容豪横張網捕魚偷泄水利實爲便益據呈得此擬合就行爲此除外文書到日仰本役照依帖文内事理所在閘壩務要用心看管如有坍損隨限與同本壩人夫修理堅完積水如有豪強偷閘放水張捕蝦魚者指實呈憑究治毋得違錯不便須至帖者

澂浦千戶所申文

爲復故道通水利便糧運足稅糧以甦軍民困苦事切照本所城池設立澂浦

鎮地方舊有水門一座通流城中以滋灌汲直抵常積倉前運糧上納最便商貨亦通後被淤塞柵門朽爛前該官軍慮恐盜入私將頑石塡塞自此一遇水澇則淹沒軍營一遇火災則無水救濟運糧者脚價煩難糴賣者肩挑困苦以致軍儲久缺士卒逃亡近年以來十分狼狽及有永安一湖灌漑田畝錢糧動以千數今被浮沙四塞淺與田平未秋先竭十年九旱民食既匱國課亦虧官民兩失其利此地方之患已非一日及今不爲處置必致流移殆盡貽累官府爲害非細呈乞自六里堰疏濬以致遠城開通水門以復故道永安湖則量度舊迹務令深廣庶可救一方之生靈貽萬年之永惠某職雖管軍官員軍民有此困苦觸目傷心不能緘默合行關煩轉達委官踏勘疏通施行

正德十一年九月　日

議曰人皆知澂之貧而豈知貧之自哉在古之所以富者百貨來於海中而無事於稼穡在今之所以貧者四體盡於地力而倘艱於饔飧非其民

之惰也蓋食之所資者農而農之所資者水其山四塞其水無源故東西皆膏腴之田而取足於一湖東北多斥鹵之地而仰給於天雨湖既淤淺雨復不時則環鎮秋成皆失望矣大率十年之中旱者六七食既不敷而糧復不免此貧之宜有也疏濬之議起於天順三年彼時已受災傷迄今又百年矣其淺塞可勝言哉斯民如之何而不窶也昔杭州西湖積葑盈滿東坡先生開之因以其土築成大道至今謂之蘇堤數百年來功炳如也澉之水利申呈勘實非一次矣安得憂民憂國如眉山氏者乎余曰望之詳具末卷水利書中

古跡

禪悅寺鐘 元中大夫楊梓以倭銅鑄成重五千四百八十斤款識極佳其聲清和洪壯甚靈異常好出神時不受杵事詳跋記

大悲閣 在海門寺規制宏麗結構駭目右前一柱年久撓側拔縫且足許閣微偏矣嘉靖辛卯秋一夕大風雨居民聞閣上喧譁聲向曉視之柱正復舊其異如此內貯大藏經兩函萬餘卷也其字卷卷相同殆類一手所書其紙幅幅有小紅印曰金粟山藏經紙間有元豐年號五百年前物矣其紙內外皆蠟無紋理與倭紙相類造法今已不傳想即古所謂白麻者也當時澉鎮通番或買自倭國而加蠟歟日漸被人盜去四十年而殆盡今無矣計在當時糜費不知幾何諒非宋初盛時不能爲也今惟銅鐘一具存焉

塘門街 在城小街市中宋時坊巷俱無查考惟存此街猶見運河遺跡耳

義井巷 在小街市中乃宋古井闌上有義井字猶存

梳粧樓 又名十間樓事詳延眞觀註

招寶閘 在今南門外近龍眼潭客舟番貨皆入此閘至六里堰今閘柱沒土猶上出可驗也

石帆 在長墻山外水中有立石如帆潮汐往來不爲增減詳舊誌

穿山洞 在長墻山外臨大海有石巖按舊誌洞有神曰陳都監

龍眼潭 在黃道山下宋元時水兵番舶皆聚於此國初禁海潭亦沙漲嘉靖癸丑潭復故詳顯應廟記

艮澤 在顯應廟後山上詳見舊誌

靈潭 在石帆山下白龍母居焉每秋龍來視母必小風雨

洗馬池 在礦頭門山下莫考其所以得名豈古昔貴宦之家於此洗馬故歟

長眉菴 在羅漢灣山上古有長眉大士菴基故名羅漢灣與董鎮墓相近七十年前猶在今不存矣

花溇井 在羅漢山下康氏墓前水甚甘美

常氏墳 縣志云常氏墳不一處橫山荊山雪溪口塜皆有之今在涇塘橋西者不知何人所葬相傳嘗爲苗軍所發後子孫徙居郡城遂成荒丘今按常同七世孫所立碑云常氏六世顯祖少師謚忠毅公邛州人也建炎南渡子孫遂居海鹽本末載存家傳高祖□□□令孫晦跡澉川曾大父□□營葬先人於八都平陸曾叔祖上舍棠營葬先人於十三都颶山之原本派乏祠過□父宣教庶承繼恐後不知二塋規業之艱難故述各墳之本末刻石以貽諸後云云餘皆破碎不可讀今颭山之墳華表墓道見存

宣慰墳 有三所一在楊山一在荊山一在吳家山其在吳家山者弘治間爲山人所發夜入見以柏梁柏柱鐵

索縣棺金果五盤以一大漁籃滿裝之出天明視之皆土果也衆目夜視甚眞信變化矣止餘一一硯甚佳形如風字賣於天寧僧舍今歸嘉禾項篤周氏

望湖亭 在永安湖西經始於元時今遺址猶存

孟姥泉 在南湖之西麂山之麓自鷹窠頂來山厚而源深故有瀑布如懸疋練四時不竭久旱稍微

蘇驃騎墓 舊圖經云名舉字子羽晉時人封烏程侯葬金牛山北宋高祖夢其神因贈平南大將軍明帝加贈持節都督征北大將軍墳今無存

朱府君墓 據志銘葬澉墅郜之原今無查

望夫石 事詳舊志

黃巢街 在六里堰南唐賊黃巢兵過山下遂成蹊徑山顚有石屋疑古人避兵處也

落星石 在茶磨山下臨水相傳以爲星隕所化因謂之落星浜

石碑 在茶院市南詳舊志今有橋訛呼爲石牌

天子墓 在石碑橋南舊志相傳有石碑二高可丈五乃戚夫人之墓今不存矣但不知何以謂之天子墓也有二塚大可數畝又按長安塘河下施覓洞舊志亦以爲戚夫人過此教民爲之不知其何人也

六里山石刻 云天册元年旃蒙協洽之歲孟冬陽月日維壬寅溯石賛神道忽自開發拾得青石璽符云吳眞皇帝共三十八字唐太和四年閏十二月蘇州刺史崔銑貼縣取此石縣令程某差人送州今不存按今義興山中孫氏封禪碑下載此璽文皆相同然未幾人而皓滅於晉符瑞果安在哉千餘年後我

聖祖高皇帝吳元年定鼎金陵一統天下乃始當之蓋自嬴秦望氣赭衣鑿脈固已長發其祥歷一代偏安皆不能及豈獨一孫吳哉

陶給事墓 在夾山祖貫松江人永樂間任前職墓前有刻石

準高僧塔 在法喜寺飛鳥不棲時有舍利放光高僧良準所建宣和元年正月自東廊移就西廊袈裟忽飛去集僧誦楞嚴經衣復歸有頌刻於塔云宣和年中重移塔舍利乘空暫騰躍衆諷楞嚴咒得歸永降佛日輝無着句

石屋 按邑誌云豐山上有石屋舊傳秦始皇屯兵之所然亦有數處皆置於山頂用大石壘於土中深如堂室不知古人何爲如此疑是避兵非屯兵也

雅鶻墓 在六里堰下泊櫓山後墓前有橋詳見舊誌

秦駐古碑 按武原誌載秦駐山有古碑趙宋時已不存見於誌者惟六十八言其詞高古頌美功德眞先秦文字考之史記始皇二十六年初併天下自號皇帝二十八年東行郡縣上嶧山泰山並海以東登之罘又作瑯琊臺二十九年登之罘三十年至碣石三十七年上會稽並刻石頌德凡七處史載其詞者五東南惟會稽秦望者尙存則此碑乃史記所失載者也豈遵海而南先登秦駐而後登秦望歟

石橋柱 在秦駐山始皇於此作橋渡海而無成舊有石柱十二今尙存一沒於沙中千八百年遺跡也

秦溪館 在秦駐山下古津亭宋知縣祖求修李直養重修今不存正德癸酉上虞朱袞提督水利至此創亭曰望虞

宋亭郎 即舊誌所謂東亭也與秦駐山相近今有聚落乃宋時亭戶煎鹽處

沈孝子墓 在豐山孝子名壽康墓久荒無知者正德末知府徐公盈考郡誌嘉之移文邑宰張公廉訪其墓已爲居民所佔求其後給還之仍進祀鄉賢

音樂墩 與小步山相近每陰雨夜靜之時居民聞其有音樂之聲故以名之不知其確實

義塚 二處一在靑山之麓一在北門外地名秋仗墩荷花池

董仲眞墓 在羅漢灣

祥異

澉地高阜不通下河水無活源十年九旱往往災患不能備書聊記其尤者若正德十一年大旱顆粒無收十四年大饑銀一兩買米七斗嘉靖二

年大歉米石一兩四錢二十三年禾皆蟹死謂之牛沉顆粒無收稅糧不免二十四年春澉民食草根樹皮黃豆大麥價石皆一兩一錢米石二兩餓莩盈途妻子賣於他鄉者無算故每概縣皆熟此地獨荒而東南一區爲尤甚民無所控籲也

秦駐山陰兵父老相傳成化弘治間屢見金盔金甲盈山滿谷近於嘉靖三十一年二月隱馬山東嘴白日遠邨望見軍馬縱橫金戈閃爍疑是操軍追而視之無有也至八月亦然海上夜行者見之尤明如是數次卒致海寇之禍二十四年六月白日人在城上望山上有大漢如天兵數輩騎馬出入既而賊不敢犯豈亦有所見歟

嘉靖八年宋亭民朱彩家馬夜產一駒紅光滿室家人疑其怪也急擊斃之次早見之乃馬頭龍身鱗甲遍體信龍種也

洪武中倭夷屢寇築城禦之久無邊警嘉靖二十七年七月秦駐塢海寇登

圾三十二年夏海賊屢寇殺官民三十三年四月賊至屯石墩四十餘日俱殲於海三十四年賊大至破硤石二月初九以後有黑光犯日如鬬者數日不可勝計賊連月攪害殺人而去十一月賊一夥殲於六里山三十五年賊以萬數過澉攻圖桐鄉縣久之乃解

弘治十八年九月廿三夜地動嘉靖三年二月十五地動八年六月蝗入境七月妖魔入城十九年蝗蔽天稻如剪

嘉靖三十二年鄉民爲訛言所惑卒然驚擾自礪頭門山東西南北三十餘里內奔逃避者男婦大小莫知其數四月廿五夜二更時起至次日未時始定既非倭寇又非土賊竟莫知其所爲雖有見者亦惑之異哉是亦人妖者歟

嘉靖三十四年李樹結實狀類黃瓜中空無核

三十五年春河中忽泛紅水色儼如血數日忽不見鹹糖港橫涇河大河

堰泊櫓山下數處皆然俄而賊至

溵雖多山虎不常有間有必在秋時往往皆海中沙魚變化而成登岸入山因無林木不久卽去止於正德十三年東門外傷一人

嘉靖三十五年十月有一大麞可重五六十斤自葫蘆山來在南門逾濠援城而上入城行至東門爲兵殺食

續溵水誌卷之八雜紀終

續澉水誌卷之九藝文紀

詩

金大節宅觀牡丹　山陰胡隆成

雪晴曾探紫金芽爛熳東風拆絳葩池館買栽能有幾老夫今日醉君家

夜坐　天眞則禪師

茶罷焚香晏坐時金蓮水滴漏聲遲夜深欲睡問童子月到梅花第幾枝

自讃小影　天眞

海宇淸寧瑞慶多巍然石榻坐頭陀吹毛橫按祥風起觸着機鋒悟刹那

偈語　天眞

天工未生我冥冥無所知天工既生我生我復何爲無衣遣我寒無食遣我飢還爾天工我還我未生時

黃鶴山中樵者王蒙畫天眞上士像幷詩

至人遺庶類建道開鴻濛雲銷纖翳盡廓如太虛空微笑舉世人盡爲塵所蒙高山安可仰欲追杳無蹤千春桃華巖宴坐誰與同

山中有一士白髮垂兩肩手弄石上雲默坐無一言泉響茅屋下花落石岩前衆人汨頹波彼獨全其天騎鸞霧中客胡迺稱神僊

久滯京師憶澉上親友相敘之樂寫寄吳允中見意　韓履祥

綠陰門巷晝遲遲正是諸公燕集時春酒盃行紅琥珀薰風曲度玉參差鮮鱗旋出銀絲膾團扇新題白苧詞今日羈棲江海客暮雲南望不勝思

寄友人唐士幹　韓履祥

憶昔垂髫日辛勤力學時研磨同苦志談笑共襟期早應金門詔榮登丹鳳池宦游踰嶺海聲價動京師未就陶潛賦空吟韓愈詩不才甘自棄多病負相知豈料功名逼頻經道路危懷忠期報效竭力自驅馳不畏官僚忌長憂民力疲青蠅雖若玷白璧自無疵從役荒山裏娛親滄海涯鄉關難會面風雨易

成悲

聖主恩頒重吾儕志未衰但存心似鐵何慮鬢如絲倘遂歸田願重歌招隱辭

奉懷則天眞 二首　韓履祥

海門晝永白雲深繞屋潮聲答梵音蓮社肯容陶令飲茶瓜憶誦杜陵吟三生石上當年話萬里天涯此日心王事勤勞歸未得登高望遠益霑巾

每憶幽尋到上方銅爐石鼎漫焚香天花滿座雨晴雪松翠撲衣生晝涼龍化老翁求法語鶴如童子守禪房別來江漢頻回首塵刼茫茫道路長

京中述懷寄鄉友　韓履祥

正擬歸來訪舊遊永安湖上買扁舟黃粱忽誤功名夢白髮翻爲吏役囚千里雲山征雁斷五更風雨故園愁何時笑把塵纓濯醉和滄浪一曲秋

寄悟空寺樂庵寧上人兼懷李彥庄何士安　韓履祥

草堂淸似贊公房幾度聯詩夜對牀醉捧酒杯招李白笑將湯餅試何郎一時

交誼星分散千里懷思路渺茫湖上新居應更好繞門花柳自生香

遊秦駐山　黃岩方行

此地曾經駐蹕來始皇遺跡尙崔巍採窮滄海無靈藥歸到驪山有刼灰萬里黑風迷鬼國一杯弱水隔蓬萊詩人吊古多荆思落日高丘首重回

石帆別業　顧孟時

買斷西鄰水一灣開門正對馬鞍山半茆半瓦屋不漏一咏一觴心自閒牧笛雨中春鳥散釣絲風裏暮潮還更無豚犬平生累肯信桃源隔世間

題水仙花　顧孟時

麟罷瑤池曙色涼凌波仙子試新粧金盤露集珠襦重玉珮風生翠帶長萬里弱流通閬苑一簾疎雨隔瀟湘歲寒林下花時節只許梅花壓衆芳

送澂川唐士幹還貴州　海昌胡虛白

別情何草草傾蓋苦不早睽違三十年隔越萬里道昔如東岡日彬彬麗文藻

子少我當壯子壯我復老人生百年內安得長美好故交曙星稀先哲流電掃
豈無盃中物與子一傾倒昨遊玄都觀共覓安期棗掛弓扶桑枝洗劍滄海島
酒闌別我去何以慰懷抱楚山鬱叢叢巴水深浩浩願言崇令德黃髮永相保

登海門寺大悲閣 二首　胡盧白

寶閣凌空十丈高倚欄南望際鯨濤天花散處紛晴雪海月生時見玉毫夜氣
澄清龍在窟秋聲蕭爽鶴鳴皋丹梯咫尺諸天近香霧濛濛溼苧袍

日照紺園秋登臨閣上頭雲隨飛鳥沒天入大江流華蓋瞻雙闕金沙見十洲
龍王宮裏月夜夜白蓮浮

大悲閣上咏海　胡盧白

一氣洪濛混太虛天吳皷蕩撼坤輿千年木石勞精衛百谷波濤會尾閭月下
明珠蛟女淚雲中飛觀羽人居秋風吹老珊瑚樹不見麻姑錦字書

中秋與寶幢宿懷歃玄中東既白時玄中在京既白在杭

禪悅釋志恂無言

不見風流玉一雙夜深吟坐對蘭缸山遮京國雲千里潮落錢塘月半江駐錫
定分何處榻鐘聲空倚舊時窗離懷客况誰相慰白雪高歌有寶幢

述懷　劉敬先

名利烟波久絕緣石田茅屋舊相傳閻摩鬼面雖云醜妙覺心王本自妍紫陌
春風常淡蕩碧潭秋月倍嬋娟天香一瓣無窮妙不向金猊寶篆然

贈友人陳尙禮　劉敬先

燈火凄涼集草堂遺懷猶藉酒盈觴鵲孤翻恨嬋娟月花老徒悲窈窕娘青鳥
有書通閬苑彩鸞無夢入昭陽朱顏自古多流落莫怨秦樓薄倖郎

呈則天眞老師　劉敬先

掃除心地重提撕曠蕩曾教七聖迷是處綠楊堪繫馬春風何必武陵溪

感遇 三首　劉敬先

暑退涼生換夾衣少年知己老年稀悠悠今古關心事化作朝雲暮雨飛
楊柳依稀草未齊東郊春色尚遲遲牧兒有笛非無曲不遇陽春不肯吹
江上清風六月寒野人無夢到長安乾坤不若扁舟大容得閒身把釣竿

寄楊彥常郎中　吟松虞烈

鬢脚吳霜日漸侵床頭秦火尚追尋高眠已遂希夷志長嘯徒悲越石心烈士義輕雙白璧故人情重萬黃金朱絃一曲清商調今古寥寥絕賞音

贈別朱洞玄　吟松虞烈

坐石談玄引興長興闌分袂出河梁獨騎白鶴歸何處夾道青山半夕陽

手筆繪澂川圖幷詩寄韓國醫　方洲張先生

澂湖新漲碧潺湲秦駐高峯紫翠間拂曙烟雲蒼壓水過春桑柘綠彌山海門桴客浮何在石屋棊翁去不還欲趁蘭舟一登望杏林深處草堂閒

遊金粟寺　陳善

海上名山金粟寺偷閒一過遠公房雲呑落照千山暝風撼長松六月涼袖拂翠絲蘿磴滑茶烹紫笋石泉香笑談具在烟霞裏擾擾紅塵是下方

送海門福上人還澂川　牛循

玉節當年鎮海陬琴尊閒倚海門秋青山映閣寒潮遠綠樹依橋拂地幽飛錫備嘗雲水味傳衣還賴祖師留林間若與諸賢會爲道羈人已白頭

感懷寄澂川蕭以信康養之　都司陳文

一葉孤舟載此身海鄉隨處問通津誰知霄漢求名客翻作崎嶇失路人阮籍猖狂懷轉放杜陵憔悴句猶新升沉榮辱都休問且醉雲間麴米春

感遇　誠齋蕭孚

海門桴尚在念動欲何之舊疾三年艾春蠶二月絲花殘蜂散早梧老鳳來遲梟獍乖倫禍斯須不待期

題畫竹　蕭孚

錯刀零亂簷端翠黛凝愁淚不乾夢斷彩鸞栖未穩夜深風雨作春寒

鷹窠頂贈松厓道人　虞勳

幽人結屋懸厓顛古松千尺盤屋前凌空怪石根半露巢鶴老樹枝相纏層巒醉踏苔雲滑洞門長嘯蘿月圓偕君九節碧玉杖同探崑崙十二天

留題金粟山　陽明王先生

獨上高峯縱遠觀山雲不動萬松寒飛崖溜碧雨初歇古磵流紅春欲闌佛地潛移龍窟小僧房高借鶴巢寬飄然便覺離塵世萬里長空振羽翰

寄題玉芝庵　王陽明

塵途駿馬勞千里月樹鷦鷯足一枝身既了時心亦了不須多羡碧霞池

書扇送董蘿石還澂川　王陽明

君家只住海西隈日日寒潮去復回莫遣扁舟成久別爐峯秋月望君來

中秋泛永安湖 七首　闕中孫一元 太初

中秋此地成高會山雨初收澂墅隈望裏星河舟楫近坐中滄海酒盃開月明靜抱黿鼉出樹色晴浮島嶼來爛醉狂歌眞自得囘頭天地莫生哀

其二　東山許淪

兩湖新水欲平橋未破濤聲興已豪潮上海門千浦白月明秦駐萬峯高長空露下秋無際落木風寒首獨搔無數眠鷗傍柔櫓不妨紗幘坐輕舠

其三　九杞許相卿

喜君來値中秋日抱病同登澂墅山澤國風濤悲夜永海門雲月破天慳撫時長劍虹光動寄興滄洲鶴夢閒良友百年能幾會清歌劇飲未須還

其四　紫硤沈拓

月上千林風露清放舟與客澂湖行東溟秋闊瞻天柱北極雲開憶帝京山迴靜聞楓葉下波寒遙帶布袍明酒酣鼓枻長歌起不信人間白髮生

其五　勾溪陳鑑

百年高會滄溟夜璧月鯨波萬里秋避地衣冠天下士傍湖尊俎水邊樓松杉谷應聞清嘯砂磧潮回卷漫流不用乘風跨黃鶴人間隨處是瀛洲

其六　　從吾道人

八月十五弄扁舟海色湖光併作秋午夜雲山悲玉笛九天風露溼瓊樓直凌牛斗同清泛應有魚龍識醉遊萬里長空傳浩嘯冷然鸞鳳在滄洲

其七　　釋石門明琇

人物百年滄海上釣竿裊裊拂珊瑚前峯吹笛月在水中流放歌秋滿湖尊酒魚龍迴浦溆布袍星漢動菰蒲山川勝概眞難會天柱洞庭還有無

湖海山居答從吾　　釋玉芝法聚

無住生心了未空移家又入水雲中晴峯遠落晚湖碧寒寺半藏秋樹紅豈爲疏慵求僻地欲從眞朴尙淳風採芝問我長松下更有滄洲綠髮翁

宿寧海前峯山房　　九杞山人

獨客迷津舫淸宵古寺門燈明深樹閣僧遁遠人村烟月猶春夜江湖且醉言雲泉有舊癖投老此中焉

湖外郊行　　九杞山人

靑鞋短策湖雲東漫搜妙語酬春工野雲漠漠吞江樹晴雨絲絲織晚空

宿雲濤莊　　明琇

桂樹石床雲霧深柴門天風鸛鶴臨野寺晚花開落日小山春日動高吟衣裳自帶烟霞色江海猶存獻納心十載著書徵不起羨君裹足咫峯陰

懷董山人澂上　　明琇

兩湖草堂城之陰桂樹天寒希過尋嗜酒豈爲治朔飲著書謄有虞卿心寒機錦綉秋燈永鐵網珊瑚滄海深憶汝南山久岑寂柴門落葉滿秋林

登秦駐山　　靑山范言

海上名山亦自高秦皇曾此駐旌旄百年王氣今誰在萬里巡行柰爾勞丹藥

無憑龍已化鐵錐初試鹿先逃寒厓古廟遊人少落日西風漫野蒿

再游永安湖　嵩陽徐定夫

湖上千峯開錦屏東山寺下石泉鳴晴波疊嶂參差見斜日輕紋瀲灎明鷺過翠微翻素影松傳蒼籟作濤聲孤吟自愜重游興盡日還如畫裏行

遊延眞觀　崔孚

蓬萊何處訪延眞翠幙朱扉碧海濱僻地烟霞宮殿古清朝香火歲時新星壇歛氣寒衝夜玉洞琪花煖媚春更愛栽梅仙客雅祇應原是種桃人

游澂上海山時嘉靖壬辰秋季與兩湖董子雨川王子同行　沂陽王文祿

澂上新晴秋正佳亂峯雲日蕩精華鷹揚碧漢風濤落姓紀平崖筆陣斜斷岸海南無渡楫炊烟山外有人家翻手高攀虎豹穴赤脚下踏金銀沙

湖上晚眺　陳策

醉倚危欄出兩湖若耶風景輞川圖霜酣遠樹秋濃淡雲過層峯日有無幽鳥忽鳴山寺靜怒濤欲上海城孤夕陽更發高吟興萑葦蕭蕭落鴈鳧

柏庵羅先生祥八旬授徒閱世久矣因贈　從吾道人

黃髮蕭蕭色凍梨山城屈指此翁稀臨流一杖生微笑多少浮雲水面移

贈福慶端師　從吾道人

萬千庵院萬千燈雲水高閒見一僧留得梅花伴明月夜深還照法華經

游鷹窠頂　柏庵羅祥

翠微高處有僧家出郭躋攀不憚賖石甃泉香烹惠茗雲林春暖發曇花仰觀碧落天疑近俯瞰滄溟日未斜安得投閒來此地焚香洗鉢了年華

秋夜　東洲康穆

屋角雲門月逗光小庭秋老自生涼推窻不寐思方永黃葉初飛吹到牀

董懷山人　僧石林永瑛

江漢獨爲客凄其隔暮年最憐青玉案一寄白雲篇野日生寒夜江鴻落暮烟蕭齋溪上月遲爾對談禪

游海門寺　　南白聞華卿

橫斜古柏寺門偏傑閣初登思惘然白浪接天元氣混青山過海島夷連函空大藏經何在碑碎前朝事不傳縱目荒城更尋勝杖藜春在墅湖邊

瀓川八景詩

前八景

東浦寒潮　　白峯孫肯堂

鴻濛元氣浮沉裏浩渺烟沙島嶼迴幾度夜深隨月上滿城風雨動樓臺

西湖秋月　　豐厓徐泰

瀓湖湖上桂花秋海月當年滿畫樓彷彿錢塘六橋夜至今人說小杭州

又　　石洲崔鼎

秋風湖上月娟娟十里蘋花一釣船孤鶴夢回雙鏡曉恍疑人在六橋邊

海門高閣　　東濱徐咸

海門高閣碧岧嶢曾憑雕闌望海潮黄鶴飛來月明夜欲邀仙子共吹簫

又　　孫肯堂

巍巍高閣俯叢林朱拱生寒白日陰却憶青蓮李居士吹臺何異此登臨

禪悅疎鐘　　海村劉鋭

鐘聲送曙出雲間名利奔馳夜候關惟有道人機事息臥聽幾杵夢初還

又　　西皋鍾梁

禪悅鐘聲出海城紫烟蒼靄曉冥冥夢回高枕湖山下不是楓橋夜半聲

秦駐孤峰　　通江李弁

壯志驅山到海東祖龍千古信英雄三神童女成虛望獨有崔嵬倚碧空

葫蘆疊翠　　李弁

浦溆南來山復山望中出沒海潮間蓬壺咫尺雲濤外疑有僊人採藥還

巫門漁笛　李弁

雨歇潮平海上村數聲長遶下江門梅花落盡青山暮晒網斜陽柳樹根

泊櫓樵歌　後林朱陵

松林深處發長謳宛轉山椒響暮秋應笑秦人遺纜石翠華千古望僊舟

後八景

茶磨松風　南野魯汀

茶磨如磐石牽蘿壁蘚班秋聲號萬壑僊樂下三山醉洗耳塵靜坐吟心地閒

山中有弘景樂意正相關

石帆蜃氣　秋園王偉

海市登州詫幻相石帆此日亦奇觀青紅頃刻何須訝便作人間萬事看

石屋仙踪　釋虛堂守節

昔人避兵處累石爲隱居仙去遺踪在地荒生業疏桃源世非有風俗想周餘

龍潭海眼　魯汀

尺木滄溟上蜿蜒光怪沉山空月窟小雲護石潭深潮汐高秋信風雷永夜吟

濟時當旱魃一躍九垓霖

孟泉瀑布　横谿張中孚

飛瀑下九曲灑然河漢流玉龍據蒼巘水簾明素秋廬山豈專勝此地足淹留

又　崔鼎

飛泉百丈度層雲一望青山白練分却憶高人棲隱處草堂風雨隔溪聞

又　釋平野戒襄

山頭望夫女裂下寒機帛一片冰玉心化作瓊瑤液滔滔下湖去大旱滋稼穡

文塢夕陽　劉鋭

海上深山與世違時平不采首陽薇村村簫鼓兒童喜斜日楓林社散歸

又　　盧堂節

重疊開岩徑蒼翠凌石壁千層列畫屏獨對宜晚色幽人探勝還半嶺斜光入

龜阜春雲　　魯汀

峰結孤城秀山連島嶼青盤旋雄地勢隱約肖龜形霧靄生春黛嵐光濕翠屏登臨嗟屭贔千古鎮滄溟

鷹窠晴雪　　戒襄

牛背披簑上許孟山爭高鷹揚發天風不損孤鳳毛杞山先生雪中乘黃犢登絕頂故云

又　　徐定夫

峻嶺千尋玉笋寒葩萬樹璚梅踏雪來穿危磴呼鷹吟立層臺

續八景

醫靈聖水　　釋少林戒言

古甃沉沉不計年傳聞仙叟浴丹泉一瓢賸有刀圭妙不羨如船玉井蓮

宣慰妝樓　　徐泰然

畫樓高壓浦雲蒼上有蛾眉鬬曉粧二百年來無海舶斷垣荒址自斜陽

前題　　鍾梁

行人指點十間樓宣慰風流迥未休荒草凄凄環珮冷斷雲殘雨不勝愁

前題　　石溪陳金

綵鴛飛去曲池荒欄檻依然繞綠楊春色不知歌舞盡野花猶學美人粧

杜曲雲濤　　魯汀

前湖杜曲岡休沐郎山莊飛濤捲白雪散落秋烟蒼

颶坡石馬　　環川蔡翀

異代豪華已不知尙餘蹄鬣在山蹊千年故物埋荆棘風雨時聞半夜嘶

祖龍古祠　　朱朴

祇有荒祠對碧峰更無文字紀來踪山氓罔識君臣禮輒把椒漿奠祖龍

天眞塔院　魯汀

幻居無色相了却一枯翁蟬蛻棲眞處塔寒山月空

雪堂春社　東圩錢琦

海門月出候潮生三世音從此處聽直指梯航開一路爲驅波浪破千層老師說法言言佛童子焚香步步經般若臺邊春草色肯分餘綠到閒亭

湖海山居　從吾道人

山居星漢邊湖海望中連鶴立衝潮石僧看掛壁泉本非修福侶聊記種松年了了無文字惟應卦畫前

和題　龍川顧邦重

高臥白雲邊盧窗綠陰連道通雲岫石心澈澉湖泉論性開來學參禪了暮年錫飛何處去花落梵王前

董穀續澉水誌

卷九 藝文 詩

五十四

文

秦駐山古碑

前覽灼灼後聖茂哉始皇承天越授帝命業超上古殲周滅鄭七雄靡餘六國是併功齊太古道深前王埒炎均昊美冠顓黃通靈七代敬構商堂縱聖凝神將紀百幾菴藹餘輝蜚聲萬祀

右判史敬素立石其碑不存

義忠國佐正匡國功臣故節度左押衙親衛第三都指揮使靜海鎮遏使銀青光祿大夫檢校尚書右僕射御史上柱國朱府君墓誌銘

府君諱行先字蘊之吳郡人也曾祖憑皇不仕祖眞皇不仕父敬端皇不仕妣陳留阮氏太夫人揚名立身光于祖宗者唯府君耳府君少親戎律長習武經有摧鋒破敵之堅蘊戡難濟時之策猿臂燕頷完備將材始隸職于建寧都從高公彥所在征討累有功績尋高太傅分符霅渚府君亦隨于治所太守用爲心膂或鄰境有寇總握兵柄劒仗前驅無不望風瓦解滅竈之謀投醪之義備

盡其妙以是聞于聖聽疊被寵嘉荐歷珥貂累陞八座蓋爲霅守所重自渤海公歆世高禮亂行府君奮臂一呼率衆歸國時天下都元帥吳越國王親統全師撫寧郡縣以有功者宜加爵賞遂封協力勤王功臣尋封佐正匡國功臣加封右僕射仍委之靜海劇鎭府君之屯細柳也鉏耰荆棘版築城壘不日而就不恃其寵不勞於民卒乘輯睦鎭縣和同商農工賈不改其業親載耒耜遍植桑麻以備祗奉使臣供承南北十五年内外無閒言蓋恩威並行綏猛得所矣以寶大元年夏四月得疾弗興至秋七月二十三日終于靜海鎭之官舍享年七十有二府君娶汝南周氏隴西彭氏清河張氏三夫人皆肅雍和鳴内外婉順主喪祭者惟彭氏張氏居其右焉有子八人長曰從訓躭味雲泉不樂仕宦侍膳于周氏之側次曰智紹在方袍之下次曰元晟節度使正散將爲人溫恭尤尚儒雅娶諸暨鎭遏使楚牧韓章司徒愛女次曰元杲節度正散將銀青光祿大夫檢校太子賓客兼監察御史狀貌瓌偉智略出衆識量宏博不拘小節親族間咸曰有父風娶聞人氏次曰元昇節度下將獷猂好勇眞將軍之器娶鄭氏次曰元寶娶章氏次曰元勝元贇未娶皆堂堂之軀或親弓馬或閱詩書分掌家事無不幹濟女三人長適潁川氏西都軍將都都知兵馬使明州羅○使陳師靖僕射之子○先府君逝次適清河氏建寧都虞侯張全尚書之子○次適上亭鎭遏使翁錫尚書之孫節度討擊使上亭鎭遏將元昉之子繼貞弟三人行存行勤行忠初府君之寢疾也殿下遣中使三賜湯藥及啓手足命侍臣持祭奠厚加賻贈内外親戚莫不感泣有以見君親之道始終兩全矣明州郡侯太侯奠贈尤異焉府君世墓在湖州烏程縣不克歸葬續致桑梓在開元府海鹽縣以其年歲次甲申十一月乙未朔六日庚子厝于本縣德政鄉通福里澉墅村之原禮也鶚與府君幸同王事備熟德美洎有葬日令子元晟元杲泣血而拜請予撰銘誌堅免不從遂命筆聊紀年代安敢飾詞乃摭實而爲誌銘曰

挺生英特　邈爾奇形　素蘊豹略　能精武經　戈鋋再舉
氛祲廓清　從茲勇冠　大播佳聲　盛績既彰　威名遂振
靜守謙敬　動知逆順　惟此侯王　賞其忠信　不有殊功
那遷劇鎮　匡吳志大　佐越功全　一人注意　百辟推賢
方務剖竹　宜分重權　孰謂梁木　俄隨逝川　生作忠臣
沒留遺策　眷彼令嗣　恭承常澤　丹旐斯引　玄宮已閟
萬歲千秋　芳塵永隔

題金粟維摩像

昔有僧至龍潭問云久嚮龍潭及到來潭也無龍也不見潭云却是子親到來余寓海鹽聞金粟之名久矣暇日陪二公泛扁舟由支流斷港而至乃見此寺在山林間松檜蕭森金碧輝映眞伽藍勝處也周行殿堂欲見如來推求尋覓了不可得退坐丈室冥心息慮瞬息之頃維摩現前復見獅子之坐乘空而來

香積之飯應念即至心生歡喜頓還舊觀因問老人曰如來即已見了未審此處金粟之名何自而得答曰經云凡所有相皆是虛妄故三世諸佛皆以假立名字引導衆生只據土俗所傳乃金玉山也玉與粟聲相近語轉而然余因念大隱堂中曾命畫師作淨像不若將錯請此居士來至山中使游觀者瞻仰禮拜發恭敬心一念回光則可入不二法門矣毗耶城中何遠之有宮使提學中丞常公提宮太丞陸公偕遊時紹興壬戌十月望日也大隱居士李正民題

宜慰楊公齋糧記

勅授嘉興路海鹽州儒學教授徐思敬撰

將仕郎嘉興路海鹽州海砂場鹽司丞江正書

朝散大夫嘉興路海鹽州知州兼勸農事朱維楨篆蓋孝爲百行之原居五常之首自天子至庶人雖尊卑有差壹是皆以孝行爲本廣而充之塞乎天地橫乎四海至於鬼神之祕禽魚之微草木之無知莫不感格甚哉孝之大也昔子

路事二親以至孝聞親沒之後南遊於楚從車百乘積粟萬鍾累茵而坐列鼎而食喟然有欲爲親養而不可得之嘆夫子稱之曰由也可謂生事盡力死事盡思者也前浙西道宣慰少中楊公其居海鹽之澉川鎮孝行純篤根于天性事其考安撫總使楊公妣太夫人杜氏冬溫夏凊昏定晨省甘旨之奉靡所不承州里鄉黨咸稱之安撫公不幸棄養少中耐翁擗踊哭泣毀欲滅性奉侍萱堂太夫人愈篤至大辛亥耐翁改任海道都漕運萬戶督糧赴都太夫人不疾而逝耐翁聞訃星馳寢不安席食不甘味棄官讀禮視富貴利達澹如也追慕二親劬勞之恩如子路之欲奉親而不可得遂捐捨寶鈔于杭之靈隱錢塘之萬壽姑蘇之承天餘姚之雲頂永嘉之江心普結善緣祈求福利資薦二親而耐翁之心尤以爲未也復捐鈔米浼本州天寧住持曰永模訥翁補增大藏經文重建觀音寶殿于寺之東廡朱甍畫棟俑壁菩薩諸大聖像煥然一新計其僧行之衆寡喜捨齋糧爲長生夏供選僧之廉潔者掌之每歲自結夏至休夏

瞻僧誦經永貽不朽吁耐翁之志非欲爲己求福田利益惟在資薦考妣莊嚴佛土而已其爲孝行庸有既耶浮屠氏謂南閻浮提以財爲命今耐翁能捨齋糧不厭不煩既廣浮屠之居又益浮屠之食可謂孝矣可謂誠矣異時衲子登靈山之堂飽香積之儲能思耐翁普施之心據菩薩乘修寂滅行則耐翁所以上荅二親之恩者豈少補哉方丈訥翁久歷江湖戒行冰潔實宣政中丞〇〇祿公〇〇〇杖與余爲同鄉人三載往來言其事甚悉願爲長生齋糧記余既嘉少中耐翁之克盡孝道又喜訥翁能成其事於是乎書

皇慶三年歲次癸丑結制日天寧永祚禪寺住持訥翁永模立石

永安湖記

國以民爲本民以食爲天而民食又以瀦水爲先蓋水居五行之先而典六府之首自古帝王平治天下莫不先化爲務欽惟　皇元撫育人民興舉水利開無遺則盛矣哉海鹽本嘉興之屬邑比陞爲州州南四十五里有湖曰永安周

迴十二里原以民田爲湖瀦水灌漑澂墅澂浦石帆三邨農田八千三百餘畝均其稅糧於田上時潦則東南注入於海旱則水澤仰給於湖遂變斥鹵爲膏腴時和歲豐家給人足茲有禩矣歸附初至元丁丑澂浦鎭守王招討熖假軍權而淫毒縱己欲以誅求力逼鄉夫圍湖成田三頃八十畝令駱興立戶每秋輸糧三十八石至元己丑歸之楊招討思諒未幾瀕湖居民效尤盡欲決而田之是以三村屢經旱患民食不給老小悽惶行流四方大德己亥里人王仁狀具于州雖鞠治焉猶未刬誅也幸賴澂浦寓居宣威將軍前南寧州安撫使王君濟勇於爲義聞之朝廷由是省臺委官公同涖政目擊斯害昭然孔彰大德乙巳秋七月浙江行省平章政事徹里榮祿偕都水監官及本路本州官親臨糾惡廉明公正遽令疏濬爲湖開除元立佃米一改而正之於是狼吞虎噬之徒爲之斂迹斯湖得以復舊噫不有廢也成之名不彰不有壞也立之功不著今廢而復立使斯民享悠久無窮之利豈曰小補哉人皆舉手加額擊壤歌謳

得以遂仰事俯畜之願顧不偉歟茲刻于石庶來者知斯湖源流有自云爾

至大四年二月　　日前權東坡書院山長趙若源撰

從事郎鮑郎場鹽司令金汝礪書

承務郎嘉興路同知海鹽州事趙泰篆

奉政大夫嘉興路兼勸農事朱緒立石

重建金粟廣慧禪寺記

天下之禪刹往往專山水之勝然其能化蓁莽之區爲金碧之宇易麋鹿之場爲龍像之筵與勝境名於悠久者由有以啓於前而繼於後也武原之南距城邑一舍餘有山曰金玉有寺曰廣慧枕麓面流樹石岑鬱禪寺之絕冠乎一邑原其所自歲在赤烏有神僧號康僧會自康居國而至江東顯其靈異誠感舍利之祥塔啓長于之號康僧既而遊方至海鹽金粟寺山時值炎暑構亭施茶以濟渴　朝廷聞之賜名茶院已而建寺居焉宋祥符間賜名金粟廣慧禪寺

高宗有御書之賜稽之于昔康僧立化于天禧以漆固其像未幾像忽騰空入海鹽秦川緇素力請之皆莫能舉惟金粟請之飄然肯就至我太祖高皇帝定鼎金陵遣使降香界其像還天禧合覩聚觀輿情允協由是僧徒彌衆規制益宏殿則如來觀音之爭雄堂則含暉正受之儷美傑閣之藏御書山門之標寶地則當時之偉觀可知矣洪武戊寅道雍住持未幾示寂後之繼者曾不加意宣德三載正傳膺薦領衆毅然以興廢爲己任踰歲粟盈帛積工善材良像設殿宇復還舊觀正統辛酉宗源繼主猊坐克成師志藏殿鐘樓摩切星辰山門以峙巖廊載新可謂完矣噫茲刹之興自禪院蹟禪寺住持之賢自文登而至傳源其來非一代其傳非一人始克無憾亦可謂難矣後之踵武者誠懇正傳之心視其廢堵舉之故者新之則茲刹之與茲山可以並傳之無窮矣因源師之徒惠欽求記其事因書此以授石工傳師別號祖菴吳興人常師事天界默菴云

資德大夫正治尚卿禮部尚書前太子賓客兼國子祭酒毗陵胡濙撰文

大明正統十四年歲次己巳住持沙門祖源立

海門禪寺碑

海鹽縣南去三十里少東有澉浦在兩山之間山據陸而趨海相峙如門潮汐所匯滷故其地多斥鹵不食元之時鎮設宣慰司以撫制之皇明有天下更制千戶所蒞海寧衛以守正統中始城其地居民鮮少市井寥寥無游觀之勝槩鎮使官屬至輒止海門寺召寺僧爲客主少休舍是無宜人之地矣寺相傳始宋寶祐二年甲寅永固禪師所建號祐福菴歲久淪替至元乙亥高林善壽禪師開廣故址搆殿宇置佛世尊像演法授徒人用皈仰一時善士如宣慰使少中楊公大姓顧氏文聰皆奉宅地以從弟子天眞惟則禪師奧通內典超越宗乘行戒脩潔無賢愚少長貴賤皆尊信向往聲望所置雖倭夷險絕之國至有圖其像供養者永樂甲午其徒景南永忠禪師肇刱大悲觀

音閣刻千手像於其中金碧交輝仰薄雲漢周堂翼室種種咸具人更號曰天眞菴宣德乙卯天眞第三世孫東濟宗福禪師杖錫走都下請額于
朝
勅賜海門禪寺仍給部檄命東濟住持寺至是始克有成矣寧尚憶二十年前從雪溪雪壑二蘇先生邂逅林間登大悲閣瞻天眞像周覽山海笑語移日相去絕幾何二先生皆不作東濟亦化去緬想舊游往來於懷抱今年秋適其徒善祚偕總戎劉瑄廷器徵余文刻石將示久遠遂不辭而爲之銘東濟邑人族姓徐生于洪武己卯示寂于成化丁亥世壽六十有九僧徒四十有三可謂無愧天眞諸孫者矣銘曰

浙海之瀕水匯山峙城闉壑藏亭障鱗次斥鹵蒼莽奇秀弗彰中有勝境禪林佛場小白花巖〇〇毒國恍焉示觀潮音海色永固濬源高林導流百川委順天眞其尤景南再傳承先啟後東濟集成淨業益阜始宋寶祐及元至元天祚

皇明鴻名廼宣世歷三都人更五代善祚圖永歷刦弗壞時成化四年戊子九月重陽日

賜進士第中順大夫福建汀州守前禮科都給事中賜一品服邑人吳興張寧撰

澉川鐘樓圖跋

從吾道人

澉浦乃濱海一隅之地宋元時因通番船地方庶富入我
朝禁革海道自是居民惟賴田產緣因四周皆山狀如天井不接下河常遭旱患商貨不通名爲絕地洪武永樂間城中雖靜然南有海門高閣北有禪悅鐘樓照映山勢風水相稱人無災難一自鐘樓前後二次倒廢先出侏儒後患黃腫十年九旱災難相仍余每思之深有妙理蓋五行之性惟在均平方得無事今既山廣地高土勝于水水被土尅矣所賴五千餘斤之鐘懸于十丈之樓以爲鎭壓蓋鐘本金也金能生水可助太陰以敵旺土若樓倒鐘埋水既無助土

反蝕金夫土者水之所忌也黃者土之色也今土既偏重安得不旱而腫乎余惻然于此雖以衰暮之年欲爲地方成此勝事乃同信士胡瓚蜚禮請禪師法聚圖之結集衆緣銖積寸累六年而始有成又請于總戎楊侯中夫開通水門以洩壅滯而助生金氣于是自戊子至甲午歲歲豐熟病者亦痊蓋土本生金金爲土子子實則母虛土勢方得其平矣此實陰陽之正理豈謬誕哉樓既成余述是鐘靈異始末圖而刻之使人皆知其關係地方風水之大如此庶後之人同此心者繼而葺之以傳于有永也

與吳南溪先生論水利書　　從吾道人

澐自奉別以來更四年矣緬惟先生以體用之全學爲
國家造福于八閩正期入相
一人活百姓而能以無榮爲榮急流勇退可謂平地神仙者矣出而經綸海內歸而矜式邦人無任建羨澐一病三秋迄今不能離褥小兒穀衣食奔馳館塾束縛雖承遠旣尙遲謁謝感愧何如澐頹朽之齡惟存餘氣於身家事去心久矣獨耿耿于垂盡之年者惟以民吾同胞不忍地方生齒衰落戊子年建一鐘樓以挽囘風水今經六稔果見軍民稍樂病者獲痊信非誣也近有人自邑中來者傳聞先生捨一金帶與僧人造橋比之留鎭山門者其有益與否相去遠遠矣先生利物之心無窮有如此哉澐緣是而有惑爲澂之水利其議昉于敬先劉先生述于方洲張先生筆于虛齋祝先生先生受方洲之托者也澐頷虛齋之命者也自歲丙子移文經今十有八年竟成畫餅言之可嘆竊詳斯議其來已久洪武年間有老民張小五奏准開挑各深五尺自此田禾有收至正統年間八十餘年湖河浜漊俱各淤淺人民困苦本縣縣丞龔潮奏奉工部堂字三百七十一號勘合量起人夫一萬八千餘名未蒙開濬至天順年間纔蒙布按二司親臨踏勘起夫二萬餘名到區開挑不期連月雨雪不能施工一囘停歇至成化間有本區糧里老徐信等具呈勘實俱有抄白舊案存證竟亦停歇

弘治間有民人盧孟斌具奏欲自礪頭門洗馬池開出鹽倉以達城河最爲便益竟亦停歇正德間掌印千戶楊玭爲見湖河淤淺田稻無收糧運不便將情備申合干上司已經勘實丈量估計文卷見證竟亦停歇嘉靖三年大旱軍民耆老陳縉陳紳等將情告所備申察院批府行所姑俟秋成民力稍裕查照施行竟亦停歇嘉靖七年大旱耆老湯沐告府行縣勘實回荅竟亦停歇嘉靖九年軍餘胡瓚爲衆建言被責幾死竟亦無成此亦可以見民情矣年年刷卷只作故紙奈之何哉夫以百六十年大患屢經勘准而竟抑不行者其故何歟一則地方僻處海角府縣隔遠上司不到危苦之狀不能上聞二則吏胥之弊非錢不行而地方公務錢何從出三則間有數輩姦黠細民侵佔塡塞深懼顯露多方陰阻四則糧塘里老明知疏濬於已有益但懼供給因小失大見當身役含糊稟歇及至交替便望舉行逐年延捱以此墮誤殊不知圖大事者不惜小費矧茲所舉因舊爲功建大業者不辭小怨矧茲流言懷私幸免事在智者决

之而已昔邵信臣所以謂之父者以其所至興舉水利而朱子提刑浙東卽開黃巖河道民到于今稱之近者薛中離先生於廣中平地鑿渠八十餘里數府之民免於浮海之險誠以位高望重之賢加志於斯民折枝而已寧復有難事哉竊惟先生于此一十八年之間雖於當道屢嘗言之終以宦轍四方有志未究今則解組于家優游綠野克終初議茲非其時耶矧先生名聳天下心切顚連有聞必舉有舉必成澐安敢以老自諉不以聞于左右哉且幸今歲天雨及時成熟在邇水可放洩夫可起撥但圖之在早持之在堅耳先生其有意乎澐已老矣澉人數舉不效無肯言者矣述方洲之事繼盧齊之志以慰二夫子在天之靈者不有在於先生乎先生而弗任弗圖也澐之望斯絕矣澐與先生有社末之愛與聞道義之風輒敢以狂直之詞上瀆百惟矜其老愚恕其僭妄俯察之幸甚幸甚

南遊海上諸山記

嘉靖壬辰秋九月九日沂陽子約雨川子遊海上諸山雨川子約陸子移舟來明日登舟飲陸子宅遊豐山登覺林佛閣下見南山蒼翠東海汪洋日浴波間恍然想像扶桑蓬瀛之勝下閣觀雨川子前度紀遊詩沂陽子賡之書左方訪孝隱山人不遇游泰駐山登山嶺南望赭門諸山自天目來奔若萬馬攢若青螺横若蛾眉變態莫狀下山瞻始皇廟古松號風香火寂寥追昔駐蹕時登望徐市雄威蓋世且將羽化飛昇乃今相傳雨黑夜尚聞戈甲揮霍聲可慨也已登舟次茶院游金粟山登僧樓觀陽明先生詩賡之書左方倚闌南望羣峰拱抱起伏若城堞然下樓觀門傍豐碑因感康僧神異曾寓此暑月施茶以故名茶院明日進舟遊茶磨山舟次山下舍舟登山山若磨以近茶院姑名澉志曰黄巢屯兵處下若磨盤殆營垣云海昌許九杞徙宅山陽其陰飛巖高竦曠若亭宇刻曰天南第一山東偏一巖每占冰澤注丈許則年豐刻曰豐巖山頂刻曰天只峯峯前刻曰雲起處俯視臥稼若黄雲其疆理經緯又若平舖萬席下

山憩水月菴九杞至造之擕飲雲濤莊薄暮別九杞遊澉墅湖湖景類錢塘西湖湖上羣山四圍南向豁開若門海潮渺茫無際湖心方臺畝許若印綠草碧波瀠映雲日惜無一棹泛而登之抵悟空訪玉芝道人不遇登荆山時月霽烟消行歌遞響空然天宇高虛而萬象沉沉若與塵世隔下山宿寺中又明日曉起尋玉芝精舍門扃不得入觀從吾道人詩雨川子沂陽子各賡之書左方問途游澉城沿山徐行入北門訪從吾道人不遇遇碧里子曰昨游海山得奇處未及題名若有待然且遊歷得無詩乎請書遂書之乃袖筆墨請行經禪悅廢址觀草間斷碑及玉芝從吾碧里子新建鐘樓因談鐘製極工天順間嘗浮聲海潮中以顯神異今已懸架惜不得一摩玩也出北門東折至海口青山山若伏龜又名龜山山根受潮衝齧石齒然叢立復有懸生海潮中者蓋沙土融盡而山骨獨存望之散布若林木然時潮落雨川子褰裳以涉陸子從之碧里子沂陽子循平崖行觀之既而得徑會石林中乃題名石上沿山根行又得高峻

而壁立者相訝曰江流有聲斷岸千尺山高月上水落日出遂灑墨大書石上薄暮入南門登海門禪寺大悲閣繪漆華麗雄拔一方遙見明越諸山靑翠若雲浮海潮中碧里子指小山曰此上虞下蓋山相傳沙岸未崩時淸曉聞海南鷄鳴聲指近城高山曰此郭老山幼時見山頂平甚今反覺尖竦則土石亦有長乎又指閣中一柱曰此柱與版相離圻尺許大勢亦東偏近一夕忽聞閣中若人衆聲曉起視之勢正版柱遂合抑豈有人以轉之也相視城中草木蓁莽圮屋頹垣數椽支倚而未盡朽者甚多于是嘆息水道不通日就荒廢回想勝國以前置宣慰時富甲海內容詎知有今日乎殆亦地氣盛衰之運有力者能通水道則尚可耳下閣宿碧里子宅對燭高談幾以達旦又明日曉起微雨於是歸與發矣雨止言歸碧里子陪出西門過鮑郎場遇從吾道人于舟中急呼邀止之懇之宅又辭遂相飲于蘆花洲中飲已乃別道人曰此熱別也遂乘道人來舟抵六里堰過原舟乃還其未細遊者若澉墅湖山之勝其未及遊者若

長牆山龍眼潭談家嶺鷹窠頂金牛洞瀑布泉紫雲諸山蓋留不盡之景以待重遊云沂陽子海鹽王文祿世廉

神鐘記

海鹽禪悅寺神鐘勝國時宣慰楊梓以海外銅鑄建六丈樓懸之聲聞數十里國朝天順中忽無聲渡海者覩其影波間浮屠用其法懾之乃復聲成化初樓圮浮屠嗇於財建之卑邑產悉侏儒焉今上之六年樓再圮鐘沉塗邑復病尩於是董隱君從吾先生偕厥子進士穀進浮屠法聚氏相謂曰夫樓卑而侏儒產焉塗沉而病尩焉鐘之神其關於民之戚休也若此樓曷可弗興七年正月壬午乃盟將鳩四方之樂施者庚子鐘忽自聲若扣百有八給事杞山許公宿茶磨聞焉於是鐘之神益顯南宮子猶聞而歎曰鐘治物也而關乎民之休戚將怪耶誕耶繫象教之顯耶其諸山川之靈鍾於斯耶吾弗得而知也從吾子非誕者也嘗學於聖人之道而非惑也

[illegible]

而唯斯鐘之神殆必有說惓惓焉民之戚休志則可嘉已古之君子其學也凡以行其道也其於民喘息通焉故有呱呱弗子昧爽俟旦席弗煖突弗黔者也今之君子殆其不然下乃牧伯守令完簿書塞厥責斯良矣其有志乎民之戚休者乃爲迂爲矯爲狂爲戾澤固未民逮而斥且去矣是以仕者其來也若燕賓其去也若弊冠民亦罔離厥裏下乃顧爲讎焉夫若此者將斯鐘弗若耶進士穀固將仕者也從吾子則固隱君也而弗忘乎民若此吾用益愧有位者無惑乎董子之神斯鐘也使有位者恆董子之志肆宏厥施發仁捐厲滋殖篤材庸輔天地贊化機神將在其人在其鐘耶從吾先生逌然興曰善善子之言廣矣邃矣吾將碑之爲神鐘記俾聞之有位者

是歲九月己未前進士天官尚書郎四明豐坊記

遊龍眼潭記

董穀

龍眼潭在澉之南二里許長墻山下黃道祠之前余爲士人三十有四年矣幼

事諷誦壯事進取於四方蓋嘗觀於錢塘又自潤州抵建業北涉彭城之險旋渦逆湍蛟鼉所宮咸親試之獨玆潭在郭門之外曾未得一投足一營目焉異哉余也豈向之遠覽而大觀者夫亦道經云耳乃乙酉二月望日同前峰少林二禪子登荆湖之颺山指點前潭相去數里興雖浩然而足力未任歸而語諸學徒期以厥明從事翌日遂將王生楊生周生拉李光德爲引導及僧秋林攜榼以往春風甚顛午潮怒長粘天啗日奔雷走鯨來如崩山去欲縮地石崖林立莫可名狀深者如室削者如壁廣者如車狹者如帶完者如猊伏虎碎者如斷劍折戟洪濤吐吞萬皺鱗集雖魚貫却立俯視數丈而浪花仰激灑然着面大巫山去潭可百五十步址若積鐵亂流環射如沸湯然草色纖碧雜樹婆娑對視可枝數葉辯而不能飛渡也悵望久之徒亂人意前癸未六月有兩巨魚東西來適會於此僅容過之掉尾激水至於山椒業海者千百夫皆見余時欲觀以魚亡而止今偶憶之諗諸光德曰信小巫山在大巫之外相距尋丈其

廣視大巫四之一頹然居乎洴洴之間正西一山去此如三十里者芒芒於烟
雲水氣中不見其麓的然鈍〈純〉黑上平下均如帽屋者上虞縣下蓋山也白塔之
左爲秦駐峰大巫之右爲葫蘆灣綿亘圍繞隱若金城而溆之形勝盡矣嘗攷
諸水誌有仙人洞在長墻山之後是日由潭左遵海而東躡蹦坡陀捫歷巖宅
至縹緲顚爲南見四明羣峰列岫霞騰雲倚旗張笏拄羅布於數百里外而天
吳奮首飛廉矯翼巍巍大氣渺焉際空奇哉茲遊也已於是光德進曰洞倘遠
風惡崖危往往沙魚變化成虎叵測請俟他日遂越嶺而還所謂黃道祠不知
何神其來甚遠今惟數楹巋然籜竹中水誌又有弦風亭美固堂皆在長墻山
下茲不可攷矣嗟夫昔柳柳州始得西山遊宴因作記余居茲土凡若干歲始
于茲潭遊焉山靈有知應笑余之與之卑也故敘其事且貽二禪子云

黃道山重建顯應廟記　董穀

按宋溆水誌黃道山在鎭之南下枕龍眼潭泊舟處舊有水軍寨造船場山之

顚立烽燧山之外捍大海統制官總領之有廟在山之腰爲黃道大王不知何
所始也勅封曰顯應侯廟中有神曰楊太尉尤爲靈異意亦石帆村聰明正直
之人遵海而南無不尊敬誌之言如此余爲土人壯歲嘗一游焉尚有數椽頹
然𡎺翳中俯視龍眼潭久已湮塞爲平沙不復可泊矣溆鎭當趙宋時爲最盛
資〈貿〉易海南諸貨賈胡番舶交歸焉入招寶閘盤六里壩以出外河明珠文犀異
香珍木奩於吳下流布中國此其門戶也元末土官恣橫我
聖祖奄有四海惡其害民而殴滅之因置城戍絶貢道禁私販海於是乎不通
而廟之顯於昔者亦既樵牧所休風雨所陵廢爲荒基二百祀矣覆載廣遠民
物恬熙貪商島夷爲逋逃藪以歲壬子盜弄黃巖浙西告警癸丑遂犯金山侵
我海鹽盧參將鏜以舟師守溆魚貫山外無所灣寄兵有登巖伐廟前柏爲舵
笱者得熱疾神憑之言汝敢伐吾柏卽祀我吾當福汝盧異焉乃牲牷之議淑
新祀時惟守將揮使徐君行健克殫厥心鳩工聚材冒暑董役應夢架梁越月

而祠成門堂庖湢氣象嚴整繚以周垣翼如煥如卷阿增重俄而潮衝沙磧淪胥崩潰內徙里餘飲汪洋深入龍眼潭者復其故迹測之無底古岸宛然艨艟戰艦始集祠下風濤不驚士卒得所亶哉顯應豈人之能自是寇經數四卒不能犯城市無虞靈貺著矣廼言於郡

刺史唐巖劉公爲文遣祭邑大尹壺陽鄭侯親詣而拜焉原夫時有顯晦神無不在數有興衰物終斯復據古之圖證今之事若合符節豈偶然哉於穆淸廟風氣肇開海闊山高香火攸萃奔走士庶徼福遐邇不有迎送之章曷昭右饗之隆爰書奇勣用勒貞珉詞曰

靈風兮淒淒靈雨兮灑旗侯乘潮兮下來叶　惠我蹇脩兮無令孔悲坎其我鼓傞傞我舞侯乘潮兮來下叶　惠我蹇脩兮無使心苦日黯黯兮雲冥冥羌肅然兮降戶庭嘉羞登俎進和羹椒桂芬烈黃流淸吳巫起舞玉几憑洞簫象板雜謳歈武臣介冑弓刀趨髦穉羅拜紛前除宵長晝永樂嬉娛靈保既醉顏渥朱九獻備矣神筵起兮鼓鐘喤喤不可以止兮小大望瘞稽首喜兮神嗜我食我酒旨兮穀我士女刀兵弭兮山獄奠兮海波平禾麥穰穰兮疵癘不生惟神之庥兮賚我以永寧血食千秋兮坐鎮滄溟

姚節婦傳

節婦名福蓮海鹽十三都文溪塢民周孟經之女年二十一嫁澉川姚琿琿本農業以耕稼養生婦順事無所自遂甫四載琿有疾死生女名孝婦絕愛育之常負抱不去體家甚貧數値荒歉阻飢孟經因促歸與繼母諸嫂處念姑老行時檢篋中故衣服悉遺琿妹意甚愴絕居嘗爲嫂飼鵝得數卵寄澉期生畜給工食以葬夫骨事尙未果而澉之富人有求爲婦者孟經既許之難爲言婦亦微覺皆未白一日方飧食幼女適啼諱顚仆婦遽前抱撫之已甚終不止孟經愠曰何物孽種不久當送還汝家婦始悽然動色退謂嫂曰頃見父言事決矣然我命如此此足豈肯再踏他人門限遂抱女不復置涕泗交頤若痛楚不自

勝者衆見其孀居常爾不加省異是夜更餘母顧臥內燈未滅呼令就寢弗應起捫其榻無得舉家驚求忽僮奴曰薄暮田作歸見小娘抱女倚外戶而泣獨不敢問故因燭水次見遺履亟求水中得其屍與女同溺死翼日具棺斂焚之其姑匍匐至自澂憑棺號慟絕而蘇哭曰兒初喪吾子時已有訣語豈料親家翁不諒其心老身又貧不自存致兒母子非命孝婦已死吾復何生木既燬有蜨從烟焰中出文采爛然向祖墓飛入鄰里道路見者無不驚異流涕孟經收其餘骨與琎同葬姚氏先塋時年二十有七弘治元年二月九日也方洲歸叟曰自古忠節蒙難男子雖身受挫辱顧其心無愧可也女子以身爲重寸膚及恥心事俱隳故危迫之際忠臣或可以不死爲心節婦要當以必死爲事姚氏婦家破人亡去就險阻非不預見徒以姑老女幼庶幾幸存卒全志節不圖禍速旻天機形弱息瞻前痛後已直一死耳區區嬰孺他日流離變故將有不可測者乃奮然與女俱沉不俟終夕陰陽剛柔渾合爲德凜乎婦女中之烈丈夫也視古之譚節婦何愧焉血漬入磚精化爲蝶皆不可謂無是理也寧因謹述之爲司民風者告方洲歸老張寧撰

胡孝子傳　董穀

胡孝子者澂人也名栻字敬之上距其生四百四十五甲子矣短髮被肩疎鬚及乳皆鶴鶴浩潔膚肉消薄骨稜起容色慈和言笑溫雅行必操一細竹以自扶指枯杖輕日硜硜里閈間所至無論少長婦女皆禮貌親愛之留之坐則諸餽之漿則受去來翛然如間雲止水其與人語未嘗譃浪阿比亦不觸忤有不可徐牖以理未嘗強人之從無弗屈者行已始終惟恕惟忍資稟粹美暗合聖訓性勤書史記問頗贍若無知者初不以自炫也其先來自台之巨族曾祖淡齋以訓蒙起家祖墻山業漁務農遂富一方父源號一竹長身玉立吐音如鐘充邑秀民好華侈早損家政于翁日以所欲責之翁方壯年偕其室人顧椀甘旨盡惋愉致賓朋縱娛樂惟務親心之得當其裕時無難也自裕而衰衰而貧

人情所難也而翁至家事落莫甚誰菽水必懽承顏益篤一竹君春秋高喪其耦性嗜音樂寂寥處鰥長夜耿耿翁思所以排遣之乃自學歌曲夕必同寢以腝煖足高唱清綿感動鄰里蓋如是者十餘年猶一日也一竹君歿室懸罄矣乃鬻其所居以襄之哀毀躬親罔弗成禮人皆曰孝雖傳記所睹未之能過也既而顧孺人亦下世翁獨與一妾假人數椽榻焉自號懷竹翁以識其志辟纑祝鷄聊以苟生終鮮兄弟亦無子女簞瓢屢空人所不堪履道坦坦曾無戚嗟蓋天性然也居數年舍於其媦徐氏一日無疾命浴既出據胡牀坐逝

碧里子曰先師夫子云吾之於人也誰毀誰譽如有所譽者其有所試矣走自早歲習見翁之行藏垂四十年豈云試而譽哉獨怪夫鄧攸之棄子全姪後竟無嗣人皆以爲天道無知夫攸猶可諉也以翁之孝而得絕報天道之難諶也甚矣善人不易得有之而弗識之俾泯沒無聞仁者不爲也因敢表之以闡其幽俾與程本立先生所傳武原沈孝子者同垂於不朽云

韓氏仁術傳

董穀

仁可傳乎曰可術可傳乎曰不可濟物之謂仁通變之謂術昔者聖人憂斯民之夭疾而醫興焉故其說主於仁雖然剛柔之異質也緩急之異勢也虛實內外之不同其形也溫涼寒熱之不同其性也君臣佐使之不同其用也紛出迭見若陰陽風雨之靡定非術焉其何以裁之故仁者其體也術者其用也體滯於迹用妙於心故曰神而明之存乎其人術可傳乎哉仰泉韓子節世以仁術鳴於時予知韓氏之深者也蓋自余之先世與韓之御醫翁士著於澉遠矣御醫翁履祥技精絕

國朝洪武間以文章藝術受知

太祖高宗皇帝爲太醫院御醫

太宗文皇帝尤加恩遇公卿大夫莫不與交後傳至克誠翁不獨藝高其心更仁齡近九秩陞昇水櫂衝風帶星匍匐活人於四方者且七十年不惜費不責

報不知有爭亦無所思慮質美貌古晤合於斯地仙者也石泉翁仰泉之父克
纘厥業遠近迎至市爲其門坦易和樂瀟洒道術有識者以是高之傳曰積善
降祥吾於韓氏徵之矣寧有濟世厥美無所鍾哉仰泉其宗子也雖不事其事
亦當食其餘况復究意運氣沉心參朮譬諸栽焉增培之矣吾見其後之益昌
也余復喜仰泉資稟純粹性行畏謹足稱善人無愧先世然則謂之仁術傳家
也詎不信哉韓氏於予爲世交予知韓氏之深者也敢以是而發其心傳之藴
云爾

續澉水誌卷之九藝文紀終

續溦水誌跋

溦水誌兩湖董漢陽續也事辭道法存而不論矣顧議者曰省有省志郡有郡志邑有邑志溦隷於省於郡於邑而又以志焉志之何爲者於乎茲漢陽所爲厚德哉昔少原之野有刈薪而哭其亡簪者曰非傷亡簪不亡故也溦故土也溦誌故典也忍使泯滅無傳如少原所恨哉矧夫一闤之市君子且謂不勝異議焉溦水古稱巨鎮民風土俗汚隆美惡與時消息者可勝記憶耶不勝憶記而欲以悉諸省與郡邑使之明白而詳志焉是以結風望於凝海之寒也非其數之所塞者耶幸有宋誌抄本流傳民間囿囿述史之餼羊已爾非續而絡之鋟以成編數傳後將幷宋誌蠹爛焉一方故實邈不可知後之惜今或有甚於今之惜古而抱亡簪之恨者將與宇宙無窮矣則斯志也固期博物者圖形於影察火於灰使得以擬纖麗而覩烈焰與此漢陽所謂厚德也

後學仰標虞志高撰

董穀續溦水誌終